CW00555944

Tiffany Tavernier est romancière et scénariste. Née en 1967, elle est la fille de la scénariste Colo Tavernier et du réalisateur Bertrand Tavernier. Son premier roman, *Dans la nuit aussi le ciel* (1999), retrace son expérience dans les mouroirs de Calcutta, à dix-huit ans. Depuis lors, elle n'a cessé d'écrire et de voyager de par le monde. Elle vit à Paris.

Tiffany Tavernier

ROISSY

ROMAN

Sabine Wespieser éditeur

TEXTE INTÉGRAL

La citation p. 12 est extraite de *Mma Ramotswe détective*,
traduit de l'anglais par Élisabeth Kern, 10/18,
coll. « Grands détectives », 2003 et 2006.
La traduction du poème de William Wordsworth
cité p. 231 se trouve en fin d'ouvrage.

ISBN 978-2-7578-7735-7
(ISBN 978-2-84805-303-5, 1re publication)

© Sabine Wespieser éditeur, 2018

Chapitre 1

L'IMMENSITÉ DU MONDE.

Sous la voûte du terminal 2E, je la perçois chaque jour. À côté de moi, un passager ouvre son PC, il doit être en avance, il ne regarde jamais le panneau d'affichage où s'inscrivent les numéros des vols. Flux de femmes voilées. Famille russe en errance. Six Japonaises, cheveux teintés roux, sortent d'un magasin Health & Beauty, bardées de sacs Sephora, Gucci, Yves Saint Laurent.

« Assurez-vous de ne pas oublier vos bagages, *make sure that you have all your luggage with you.* »

Peu d'enfants. Quasiment aucun groupe. L'atmosphère est au calme en ce matin de semaine. Un Noir, très élégant, pèse et repèse son énorme valise. Il n'en revient pas du poids qui s'affiche. Affalés sur des chaises, des Indiens somnolent, pieds nus en appui sur leurs bagages. Des hommes d'affaires discutent. La plupart feront l'aller-retour dans la journée. Escaliers roulants à ma droite. J'hésite. Pour rien au monde, je ne veux rater l'arrivée des passagers de l'AF 445 en provenance de Rio. Il vient d'atterrir, j'ai encore quelques minutes. Face à la sortie 8, un groupe d'hôtesses China Southern passe en riant aux éclats. Après, c'est le vide, comme si cette partie du terminal avait été évacuée. Le dôme du toit, immense, vient s'échouer quelques dizaines de mètres plus loin. Coque renversée sous laquelle je marche.

Les portes de l'ascenseur s'ouvrent, je m'y engouffre. Capacité maximum : 26 personnes, 2 000 kg. Derrière les vitres qui donnent sur un ciel gris, un bus Sheraton traverse l'autopont qui surplombe les terminaux. Il semble voler. J'appuie sur le bouton 0 des arrivées, me laisse glisser, visage collé à la vitre. L'autopont disparaît dans la descente. À l'étage inférieur, les bretelles d'accès deviennent le toit sous lequel cars de tourisme et vans privés se garent. Trois fois, je remonte, trois fois, je redescends. Les portes s'ouvrent à nouveau. Un vigile entre.

« Vous montez ? »

Lui, je ne l'ai jamais vu. Je file sans répondre.

Au bar de l'Espressamente, un Américain gueule dans son portable qu'il n'a aucune intention de revenir et qu'il n'est certainement pas prêt à… Sa voix se perd. Il a les larmes aux yeux. Je vire à gauche vers les seize portes vitrées de la plateforme des arrivées du 2E. Toutes sont recouvertes d'un film opaque. Au-dessus, six téléviseurs retransmettent les données de chaque vol. Au centre, un écran plasma géant branché vingt-quatre heures sur vingt-quatre sur la chaîne LCI : inondation dans un bidonville d'Asie, deux hommes, l'air hagard, aident une famille à monter sur une barque, onze policiers égyptiens tués dans un attentat au Sinaï, un cuisinier soupçonné d'avoir mangé un chien.

Hier, à la même heure, c'était la victoire surprise d'un tennisman dont je n'ai pu lire le nom : une femme a détourné mon attention. Les portes ont coulissé, elle s'est mise à courir vers un jeune garçon. Ils se sont pris dans les bras. Longtemps… sans jamais s'embrasser, ce qui m'a fait dire à Vlad que c'était peut-être son fils. Vlad a secoué la tête. Il ne comprend pas que je m'intéresse à ces choses. *Elles ne m'appartiennent pas.* Mais alors rien ne nous appartient. Une fillette épuisée s'est réveillée en pleurant dans les bras de sa mère. Un couple brésilien l'a prise en photo. Peut-être à cause de sa robe à smocks (ces robes, me suis-je dit, ne doivent pas exister au Brésil). Le couple a fini par s'éloigner, les derniers passagers du vol à leur suite.

C'était hier, cela.

Aujourd'hui, deux femmes et un garçon brandissent une pancarte : « Vive Gégé le plus Beau ! » Il y a aussi un grand-père avec son petit-fils, quelques chauffeurs avec leurs écriteaux et puis cet homme, la cinquantaine, foulard autour du cou, que je suis sûre d'avoir déjà vu. Mais où ? Les portes s'ouvrent, une première passagère débarque. Elle doit avoir mon âge, s'avance, cherche quelqu'un du regard. Elle est bronzée, ne sourit pas. Il n'est pas là. Voilà ce que disent ses yeux. Un flot d'hommes d'affaires la bouscule, suivi de près par un groupe de touristes polonais. Les hôtesses filent. Les touristes se dispersent.

« Les navettes pour *reach* la capitale, s'il vous plaît ? »

C'est le dernier passager, un grand blond, vingt-huit, trente ans, poncho péruvien, sac à dos couvert d'auto-collants *Save the Planet*. Je lui indique la direction du VAL. Il s'éloigne sans prendre le temps de me remercier. Dommage, il avait plutôt bonne tête, et j'aurais eu envie de lui poser un tas de questions : quel temps fait-il au Brésil ? L'aéroport, là-bas, il est comment ?

Dans le grand hall, il ne reste plus que moi et lui, l'homme au foulard dont les yeux fixent à présent le sol. Personne n'est venu à sa rencontre, personne ne viendra plus. Mains agrippées à la barrière, il ne se résout pas cependant à partir. Il reste immobile, suspend le temps. Le moindre geste, le charme serait rompu.

Il en est beau. Beau de cette attente qui tend son corps vers l'impossible.

Bientôt le vol d'Édimbourg, puis celui de Santiago du Chili. Je jette un dernier coup d'œil vers lui, espérant croiser son regard. Mais non, il demeure comme pétrifié. Je n'ai plus qu'à retourner aux images LCI qui passent en boucle : une fusillade a fait sept morts dans un lycée aux USA.

Chapitre 2

Hier, tard dans la nuit, des sangliers ont traversé les pistes. Imen (badge), femme de ménage au T2D, me donne l'info en astiquant l'énorme pot de l'espace végétal où pousse un palmier nain. Elle me parle à présent de la côte sauvage du Sud de l'Espagne d'où elle est originaire, des serres artificielles qui, depuis vingt ans, ont envahi le paysage au point de faire penser que la terre, à cet endroit, n'est plus qu'une immense étendue de plastique bleu.

Elle s'éloigne à pas lents. Une voix lointaine annonce l'embarquement du AF 54 pour Marrakech. Je me cale dans un siège en cuir, ferme doucement les yeux.

Les jours de calme, j'aime attendre mes avions dans cette alcôve. Au sol, le parquet est chaud. Sur chaque mur, un grand rectangle de fougère. Au moindre rayon de lumière, à travers la baie vitrée, la lumière s'engouffre et l'illumine.

Trois passagers obèses passent en s'esclaffant. Les yeux mi-clos, je me demande si, pour avoir assez de place, ils ne sont pas obligés de s'acheter deux billets chacun.

Plus tard, au T2F, je croise un type de retour du Burkina Faso, où il vient de créer une association d'aide aux pêcheurs victimes des dégâts causés par les hippopotames.

« Quand ces satanées bestioles se prennent dans leurs filets, elles les détruisent quasi systématiquement. Or, là-bas, un filet coûte près de 400 euros, une somme astronomique pour les pêcheurs, qui, du jour au lendemain, perdent leur boulot et se retrouvent endettés jusqu'au cou ! Mais allez expliquer ça à des touristes exaltés venus par cars entiers pour les photographier ! »

Je l'accompagne jusqu'à l'entrée de la gare TGV. Il jette un œil sur ma valise.

« Et vous, vous partez où ?

– Moi ? À… Shanghai. J'ai rencontré quelqu'un là-bas. Je compte peut-être m'y installer. »

Il me serre chaleureusement la main, dévale les escaliers en me faisant de grands gestes. Je le regarde disparaître, le cœur battant. Je ne sais pas pourquoi, la gentillesse des gens me bouleverse.

Dehors, je compte pas moins de douze sillages d'avions dans le ciel. Un équipage Japan Airlines descend d'un minibus. Tous parlent du sale temps à Tokyo, je ne peux m'empêcher de sourire. De retour dans le hall, je jette un œil sur le tableau d'affichage. Mon vol décolle dans plus d'une heure, j'ai tout mon temps. Au Relay, je termine de lire *Mort d'une héroïne rouge*, pioche un nouveau roman au hasard.

Mma Ramotswe possédait une agence de détectives en Afrique, au pied du mont Kgale. Voici les biens dont elle disposait : une toute petite fourgonnette blanche, deux bureaux, deux chaises, un téléphone et une vieille machine à écrire. Il y a avait en outre une théière, dans laquelle Mma Ramotswe (seule femme détective privée du Botswana) préparait du thé rouge. Et aussi

trois tasses : une pour elle, une pour sa secrétaire et
une pour le client.

Je souris. Celui-là aussi, je le lirai jusqu'au bout,
mais pas d'une traite. Si les vendeurs ont l'habitude des
voyageurs qui traînent, ils finissent toujours par remar-
quer ceux qui font du surplace. Je longe les rayons,
parcours les titres des magazines, « À quoi pensent les
animaux ? », « Et si on s'arrêtait tous de travailler ? »,
« Maigrir sans avoir faim »… Devant la caisse, un
couple me demande d'où partent les bus pour Paris. Je
les regarde se tenir la main. Une fraction de seconde,
je donnerais tout pour être eux.

CARTE AIR FRANCE
CHAQUE ACHAT DESSINE UN PEU PLUS VOTRE VOYAGE…

Dans les haut-parleurs, la voix de l'hôtesse rappelle
qu'il est interdit de fumer.

Je descends à l'étage des arrivées, commande à Sarah
(badge) un café, ferme un instant les yeux, m'imagine
dans les rues de Shanghai. Un brouillard épais de pol-
lution recouvre la ville. Des buildings gigantesques
enserrent des avenues bondées. Il fait très chaud et
moite. Je lève la tête pour happer un bout de ciel, j'évite
de justesse un cycliste surchargé. Puis la nuit tombe.
Abrupte. Le long du Bund, je contemple le reflet des
gratte-ciel dans les eaux noires du Huangpu : galaxie
insonore et liquide où j'aimerais plonger.

Tout à l'heure, quand les derniers passagers de mon
vol auront embarqué, je prendrai le CDGVAL. Les jours
de soleil, quand le wagon de tête sort du tunnel, c'est
toujours le même éblouissement. J'en profite pour rafler
un reste de sandwich ou de pizza que, très souvent,

des touristes laissent sur les sièges. Une fois même, une petite valise où j'ai trouvé des vêtements d'enfant.

« Vous partez où ? »

Elle doit avoir cinquante ans, elle porte un trench noir.

« Heu… Je… À Manille, et vous ?

– Moi, à Sydney. J'offre le voyage à ma mère.

– Un beau cadeau ! »

Elle sort de sa poche son badge Air France.

« Depuis que je travaille ici, j'ai droit à quatre voyages gratuits pour mes proches. Du coup, ma mère n'arrête pas. L'année dernière, tenez, elle est partie à Moscou, à New York et à Dubaï ! Pour une femme qui n'avait jamais mis les pieds dans un avion avant l'âge de soixante-deux ans, pas mal, non ? »

À l'arrêt du parking PR, deux stewards AF montent et la saluent. Je m'éloigne un peu, les entends évoquer les sangliers sur les pistes cette nuit.

« Huit ? Mais c'était toute une famille, alors ! »

Je ferme les yeux, j'imagine le troupeau traversant les pistes sous les rayons de la lune. Leurs ombres face aux géants immobiles.

À la gare du T1, tout le monde descend. J'entends parler « mes » AF d'une réunion CGT qui doit se tenir au sujet d'un problème de réduction de personnel. Je me dirige vers les toilettes, relâche mes cheveux. Il est temps de choisir une autre destination. Tiens, et pourquoi pas Dakar ? Il paraît qu'on y fait de bonnes affaires dans le textile et qu'il n'y a rien de plus beau qu'un lever de soleil sur la Petite-Côte en décembre.

Chapitre 3

AUJOURD'HUI, le ciel est triste et nuageux. Dehors, la bise est glaciale. Je réajuste le col de mon manteau, m'emmitoufle dans mon écharpe. D'un pas rapide, je longe les pistes. Une voiture s'approche, je m'éloigne de la route. Si je parle à quelqu'un, je vais me mettre à pleurer.

Vingt minutes me suffisent pour atteindre le Concorde. Je contourne le monticule au sommet duquel il est fixé, m'assure d'être bien seule, me réfugie sous l'une de ses ailes dans l'herbe humide et froide. Ici, pas un rayon de soleil. Pas un cri d'oiseau. Seul, dans le lointain, le vrombissement des voitures de l'autoroute A1. Je sors de ma poche un paquet de biscuits, me demandant combien d'automobilistes partent chaque matin travailler. Des millions sans doute. Pour moi, c'est trop tard.

Ces derniers temps, mes migraines sont si violentes qu'il me semble que ma tête va exploser de nouveau. Ces jours-là, seul le mouvement continu de la foule m'apaise.

Je lève les yeux sur le Concorde plaqué au sol. Il aimerait tant repartir, lui aussi, revivre ses années de faste où il était le roi. Nez légèrement pointé en avant, carlingue braquée vers le ciel, il semble attendre ce signal de départ que plus jamais personne ne lui donnera. Qu'importe, il attend. Comme cet homme au foulard devant les arrivées du Rio et dont j'ai cherché en vain le regard.

Je mords dans un deuxième gâteau, tape des pieds pour me réchauffer.

Parfois, je me dis que j'aimerais rester ici toute ma vie. Partout ailleurs, le monde me fait si peur. Je ne suis plus comme eux. L'ai-je jamais été ? Il y a un tel désordre en moi.

Un Singapore Airlines surgit d'entre les nuages. Il est si proche que je peux voir le visage de ses passagers à travers les hublots. Un instant, il semble hésiter avant d'enfin heurter le sol. Je voudrais me lever, ouvrir la bouche, l'engloutir en entier, lui, ses passagers, tous leurs pays, leurs rêves.

Vlad me jette un regard méchant.

« Engloutir un avion, et quoi d'autre encore ! »

Il voudrait me gifler parfois.

« T'as acheté, au moins, ce que je t'ai demandé ? »

Cet amour que j'ai pour les avions, il ne le supporte pas. Pas davantage mes petits « rituels », comme là, cette touffe d'herbe que j'arrache et que je frotte contre mon visage jusqu'à ce que mes larmes s'y mêlent. Une bise glaciale me saisit, je me relève d'un bond. Rien de tel qu'un peu d'exercice. Je ferai le chemin de retour en courant.

DANS LE FUTUR, MÊME LA PLUS PETITE ENTREPRISE
SERA MULTINATIONALE.
HSBC, UN NOUVEAU MONDE ÉMERGE.

À la pharmacie du T1, je demande à Lucie (badge) un comprimé d'aspirine et un verre d'eau. Dans un mauvais anglais, je lui avoue n'avoir que de la monnaie étrangère sur moi. La jeune femme disparaît quelques instants derrière le comptoir, revient avec un gobelet et un cachet. Une famille indienne entre dans le magasin. Leur aîné a renversé du thé brûlant sur le poignet de son frère. Lucie examine le bras du petit, explique par gestes aux parents qu'elle va devoir le mettre sous l'eau froide pour apaiser la brûlure, puis appliquer une crème. La famille la remercie en joignant les deux mains. Lucie rougit, elle fait son métier, rien de plus. Mais la mère lui embrasse les mains, enjoignant à son mari et à son aîné de l'imiter. Leur gratitude aussi me bouleverse.

Devant les portes des arrivées, deux hommes de la maîtrise de Radio France attendent, bouquet en main, un groupe de jeunes Allemands qui, à leur vue, se mettent à chanter un très beau canon. Quand le silence retombe, des Coréennes juchées sur de très hauts talons les applaudissent à tout rompre en poussant des petits cris, bientôt suivies par tout le monde.

Rémi (badge), recycleur de chariots, me raconte l'arrivée, il y a un an, d'une célèbre cantatrice qui, au moment d'apercevoir son amoureux, s'était mise à chanter l'air de *Carmen*.

« Un truc incroyable ! Les murs tremblaient ! »

Je reste encore un long moment à regarder le flot des passagers. J'imagine leur vie, leur métier, leur invente des destinées que j'aimerais coucher sur le papier, ce que je ne ferai pas par superstition, comme si écrire sur eux pourrait influer le cours de leur existence.

Tout est si confus en moi. Pour rien au monde, je ne voudrais provoquer un désastre. Le mien suffit.

Dans l'après-midi, j'assiste aux retrouvailles d'un petit garçon avec ses parents. Dans les bras de sa grand-mère, il refuse obstinément de les embrasser. Décontenancés, les parents lui disent qu'ils ont un beau cadeau pour lui. Rien à faire. Le petit garçon ferme les yeux en secouant énergiquement la tête. Les grands-parents, gênés, insistent comme ils peuvent. Le père finit par s'énerver. Pour lui aussi, la séparation a été difficile. S'il croit que c'est simple d'aller chercher du travail à l'étranger ! Dans un mouvement d'impatience, il cherche à saisir son fils, qui hurle et se débat. La mère le supplie de le lâcher.

« Deux mois, c'est long. Il faut lui laisser le temps. »

Le père cède et tous les cinq finissent par s'en aller. Le petit garçon, plus muré que jamais, serrant de toutes ses forces la main de sa grand-mère. Les deux parents derrière lui, tête baissée.

Un Zurich débarque, puis un Cincinnati. Dans les haut-parleurs, une hôtesse rappelle aux voyageurs qu'ils peuvent de manière très exceptionnelle tester gratuitement des desserts au Grand Comptoir. Il y a foule, et il faut jouer des coudes pour atteindre la table des dégustations. À la vue des gâteaux fluorescents, j'ai un mouvement d'hésitation. Philippe (chef cuisinier, badge) me tend un vert pomme.

« Goûtez celui-là, tenez ! »

Je mords dedans. Ses yeux pétillent.

« Alors ?

– C'est vraiment bon, mais il est à quoi exactement ?

– Au thé matcha, c'est un thé vert japonais.

– C'est vous qui l'avez inventé ?

– Oui, et j'en suis très fier. »

Un couple de râleurs me demande de leur céder la place. Philippe me tend deux gâteaux supplémentaires en me faisant un clin d'œil. Une minute de plus et il me demandait mon numéro de portable. Quand ça arrive, je prétexte une urgence. Que pourrais-je bien raconter à un homme ? Je veux dire, à un homme de ce monde ? Un homme qui a sa raison d'être ici, qui y travaille, moi qui ne suis qu'une ombre en transit ?

Chapitre 4

HIER, JE SUIS PARTIE à Naples, Nairobi et Abidjan, m'improvisant tour à tour prof d'histoire, chef de produit L'Oréal, femme d'expat' militaire... Femme d'expat', c'était une première et j'ai été brillante. L'ennui des jours passés à ne rien faire dans la grande maison cernée par les grillages, la peur, la nuit, que des hommes viennent enlever les enfants, la difficulté pour leur faire suivre une scolarité « normale », la chaleur épouvantable juste avant la saison des pluies, les coupures d'électricité, la nonchalance des domestiques.

Au T2E, Viviane, une ergothérapeute, m'a massé les mains. Il y a deux ans, elle était directrice d'une moyenne surface.

« Tous les quatre ans, on nous mutait par peur qu'on s'attache trop à nos équipes. Je n'en reviens toujours pas d'avoir pu tenir si longtemps. »

Vers la fin de la journée, un groupe de linguistes en partance pour Berlin m'a appris à dire « je t'aime » en breton, en khmer, en sarde et en finnois. Le soir venu, je me suis endormie beaucoup plus vite que d'habitude, mais, au milieu de la nuit, mon mal de tête est revenu. Ni l'eau glacée, ni quelques pas dehors ne sont parvenus à m'apaiser. À bout, vers trois heures du matin, j'ai ouvert mon carnet, tenté d'y écrire quelques notes. Au lieu de cela, je me suis vue dessiner un gribouillis indescriptible.

Combien d'heures suis-je restée à le regarder ?

Si Vlad l'apprenait, il m'obligerait à consulter. Pour m'entendre dire quoi ?

PARAFE
UN SERVICE QUI VOUS PERMET DE PASSER
LES FRONTIÈRES PLUS RAPIDEMENT
ET DE MANIÈRE AUTONOME.

Aux arrivées, ce matin, l'apparition d'une star brésilienne sème le désordre. Sous les flashs de paparazzis qui n'hésitent pas à monter sur les chaises et les tables, des fans fondent sur elle. Prise de court, la jeune femme tente de faire demi-tour quand un fou l'empoigne par les cheveux. Hurlements. Mouvement de foule. Flics. Vigiles. Par chance, je ne suis pas loin des ascenseurs, je me jette dans le premier qui s'ouvre.

« Quelle bande de tarés ! Ça va, vous allez bien ? »

Dans ma panique, je ne l'ai même pas vu. Un badgé rouge sans uniforme. Il me tend la main.

« Non, pas très… »

Il me propose de m'accompagner jusqu'à ma porte d'embarquement. J'aimerais tant lui dire oui. Tout quitter, prendre un taxi, ouvrir la porte de chez moi, lire le courrier qui m'attend, arroser les plantes, m'asseoir sur le canapé, contempler la vue…

Devant la tente « coiffure express » du T2D, Hadia (badge) essaie d'attirer les clients.

« Tresses, nattes, *dreadlocks*, frange ? Pour dix euros, je fais des miracles. Vous êtes sûre, ça ne vous dit pas ? »

Elle me dévisage.

« À tous les coups, je parie que vous venez des enchères du T3 !

– Quelles enchères ?

– Vous n'êtes pas au courant ? Il y aurait plus de mille personnes là-bas et je ne sais pas combien de billets en vente. Grâce à l'argent récolté, des gosses malades se voient offrir leur rêve. »

Comment ai-je pu rater cela ?

« Il y a un quart d'heure, tiens, j'ai coiffé un petit couple de vieux qui venait de remporter un Paris-Haïti. Franchement, je suis admirative. Je ne pourrais jamais partir comme ça sans savoir à l'avance où je vais, moi. Avec un départ dans l'heure en plus ! Vous les auriez vus avec leurs deux valises. L'une pour les pays chauds, l'autre pour les pays froids ! Dans la salle, tout le monde s'est levé pour les applaudir. Ils en étaient encore tout rouges d'émotion. »

Déflagration dans le ciel. Derrière la vitre, un Boeing 767 Delta, aileron rouge strié bleu. Piska (badge), une serveuse black (très grande, très large aussi), me tend mon café. Elle râle contre le retard de sa collègue, ne comprend pas que Youssouf, son autre collègue, ne soit pas aussi exaspéré qu'elle. Dehors, un *pushback* tracte un triple 7 pour le faire reculer. Des silhouettes minuscules, en combi orange, jouent de leurs bras pour aider à la manœuvre. En retrait, un superbe A380, l'œil triste et concentré, avance lentement en direction des pistes. À son passage, humains et voitures s'écartent. Il a le feu vert de la tour de contrôle, il est maître, à la fois docile et puissant. Bientôt, je vais entendre le vrombissement de ses réacteurs. Des bâtiments me le cacheront jusqu'à ce qu'il ressurgisse, baleine titanesque émergeant des eaux et faisant ombre sur toute la terre. Puis, il disparaîtra pour atteindre ce haut ciel dont certains voyageurs disent qu'il est aussi blanc et moelleux qu'un champ de coton.

« Ça vous dérange que je me branche là ? L'autre prise ne fonctionne pas, j'ai besoin de *checker* mes mails. Ma batterie est à zéro.

– Je vous en prie.

– J'arrive de Kuala Lumpur, et vous ?

– De… Lisbonne.

– Tiens, c'est drôle, j'y serai dans trois jours. Je vends un logiciel de traduction qui fait un tabac là-bas. Vous avez aimé ?

– Le port, oui… à l'aube… »

Je laisse 2,30 euros sur la table, profite, au passage, de l'engueulade entre Youssouf et Piska pour remplir mes poches de sachets de sucre et de ketchup.

Quand je descends rejoindre Vlad, il secoue la tête, exaspéré.

« Ne me dis pas que t'es encore allée rendre ton hommage à la con ?

– Au moins, quelqu'un pense encore à eux.

– Pff ! Comme si les morts en avaient à foutre, des hommages.

– C'est important pour moi.

– Ce crash, c'était il y a des années, tu les connaissais même pas !

– Si tu acceptais de venir, tu comprendrais.

– Jamais. »

Pourtant, chaque matin, lorsque les portes des arrivées s'ouvrent sur les passagers du Rio, c'est comme si *tous ressuscitaient*. Pour que Vlad comprenne cela, il faudrait qu'il accepte de revenir à la surface. Mais, même la clarté du soleil, il n'en veut pas.

Chapitre 5

TOILETTES DU T2F. C'est là que je fais ma lessive et me lave le plus souvent, surtout la nuit très tard. Ici, pas de caméra. Des vasques en verre translucide, des robinets mitigeurs lumineux, un superbe plan en faux marbre noir : partout, une sensation de luxe et de bien-être. Je retire mes chaussures, marche pieds nus sur le sol en résine blanche. Radieuse.

Ce matin, ni maux de tête, ni crampe, ni cauchemar. Serré, sous le bras, je tiens le *New Herald Tribune* (trouvé à l'aube dans une poubelle) et, comme tous les lundis et mercredis, telle une parfaite femme d'affaires, je m'apprête à m'envoler pour Londres. Dans le hall, je m'amuse à marcher d'un pas décidé. Pour l'occasion, j'ai enfilé le pantalon à pinces et la chemise en soie couleur ivoire que m'a dénichés Josias, ainsi que le grand manteau bleu marine qui me va à merveille. Je redresse mon chignon face au miroir. C'est bon, il n'y a personne, je peux fouiller le sac à main que je viens de faucher à la Pomme de Pain. À la vue des soixante-dix euros en billets glissés dans le portefeuille, je réprime un cri de joie. J'y trouve une carte d'identité italienne, un permis de conduire international, une flopée de cartes de visite, deux tubes de rouge à lèvres, deux lettres timbrées, un vaporisateur de parfum (Chanel), des pastilles

25

à la menthe, un portable, des clefs, trois cartes postales (Istanbul), une photo de deux enfants, une petite bouteille d'eau et enfin un déodorant à bille. Dans un sac en plastique, je jette tout ce que j'irai glisser, ce soir, dans la boîte aux lettres du T1 – voler du fric, oui, des papiers et des souvenirs, jamais –, puis fourre le sac dans ma valise. Deux mois de quarantaine, c'est le minimum requis pour une telle trouvaille, après quoi, avec ses belles boucles à lanières dorées, je pourrai jouer à la femme chic que j'ai peut-être été. Je détourne les yeux du miroir.

Jamais je ne pleurais comme ça, avant...

... Avant d'échouer ici, tout est flou. Je me réveille dans une salle, incapable de me souvenir de qui je suis. Des flics m'interrogent, mais peut-être des médecins. Leurs silhouettes dans mon souvenir sont comme des ombres qui s'agitent autour de moi. Quand j'essaie de leur parler, aucun son ne sort de ma bouche. Ma tête me lance. Après, je ne sais plus. Il pleut, je grelotte. Puis j'atterris ici, où l'on me prend pour une voyageuse.

C'était il y a huit mois environ.

À cette époque, j'étais prête à tout pour me rappeler, ne serait-ce que mon nom, mon prénom, preuves que j'avais bel et bien eu une vie. Mais, à la place des souvenirs, ne surgissait qu'un torrent de lumière trop aveuglant pour que j'y distingue quoi que ce soit. Sauf peut-être, par moments, quelques images dont je ne pouvais jamais dire si elles étaient réelles ou le produit de mon imagination.

Ce vide en moi. Mon corps pesait des tonnes. Chaque geste me coûtait. Quand l'angoisse débordait, je me cognais la tête contre les murs. Tôt ou tard, le bloc qui renfermait ma mémoire finirait par céder, tout redeviendrait alors comme avant.

Certains matins, je me réveillais avec la terreur d'avoir disparu, d'autres, j'ouvrais les yeux sans parvenir à comprendre ce que je faisais là. Je regardais le décor qui m'entourait, je regardais mes mains, d'un coup « mon » vide me revenait en pleine figure avec la sensation d'être l'un de ces enterrés vivants qui s'éveillent et réalisent, épouvantés, qu'il y a eu méprise. Mais il fallait que je tienne. Un jour ou l'autre, la mémoire ressurgirait, ma vie reprendrait sens. Sur les raisons possibles d'une telle amnésie, tous les livres du rayon psychologie du point Relay étaient unanimes : seul un très gros choc émotionnel pouvait expliquer une si grande perte de mémoire. Pendant des semaines, j'ai donc essayé d'imaginer le pire. Je me voyais violée, torturée ou encore perdant tous les miens. Mais, au fur et à mesure que j'élaborais ces hypothèses, une impression de plus en plus vive se faisait jour : loin d'être la rescapée d'un de ces drames, j'étais plutôt la cause de l'un d'entre eux. Pourquoi, dès lors, m'acharner à retrouver ce que ma conscience, pour survivre, avait décidé d'effacer ? Car peut-être avais-je provoqué un accident terrible, pire encore.

Dans le miroir des toilettes, de nouvelles larmes surviennent, incontrôlables, et je me mets à détester ce visage qui me nargue du poids de sa culpabilité. Quatre fois de suite, je me lave la figure, me frotte les bras jusqu'en dessous des aisselles. Tout est si net ici. Si doux. Dans mes mains, l'eau du robinet jaillit, puissante. Je suis si bien ici à me laisser traverser par la foule. J'ai trois cents noms, autant de vies que je le désire, pourquoi m'entêter à revenir au pire ?

La porte des toilettes s'ouvre. Une hôtesse Air France entre, se demandant ce que je fais pieds nus. J'invoque d'un air détaché le retard du vol Paris-Pékin, ma terrible habitude de compenser mon stress par des achats stupides : là, entre autres, une paire de chaussures bien trop petites ! Nous nous mettons à rire. Elle, c'est Pointe-à-Pitre, dans moins d'une heure, un vol direct avec un retour le surlendemain, « le temps de faire trempette dans la piscine de l'hôtel Continental ». Je hoche la tête. La piscine de l'hôtel Continental de Pointe-à-Pitre, mais oui, bien sûr, le paradis... Elle s'en va, je respire. Demain, avec une partie de l'argent de l'Italienne, je me paierai un bain brûlant dans un des hôtels du site. À quatorze euros de l'heure la chambre, je peux bien me l'offrir. Ravie par la perspective, je me tourne vers le papier peint motif jungle. J'y pose la main, j'y voyage.

Vlad soupire. Mes histoires ne l'intéressent pas. Il ne sait même pas pourquoi il est encore avec moi. Il ne me le dit pas, mais je le sens. C'est mon problème, je ressens tout. Sans doute parce que, à l'instar des aveugles, qui développent un odorat extrême, j'ai, pour combler le vide en moi, développé une sensibilité rare aux choses de ce monde.

Chapitre 6

QU'EST-CE QUI A COMMENCÉ et quand exactement ? Il fallait que je parte. Vite. Je me souviens de l'urgence. Je m'étais dit : prenons ce train puisque ce train va quelque part. Dans le wagon, l'air était glacial. Le RER a glissé le long des rails. Je me suis dit que jamais, peut-être, sa course n'allait prendre fin. Alors, je serais sauvée. Oui, je me souviens de ce dernier mot : *sauvée*, du désespoir qui s'en dégageait. Puis je me suis endormie jusqu'à ce qu'un passager m'avertisse qu'on était arrivé. Où ? Je ne le savais pas, mais voilà, le train n'allait pas plus loin.

Nous étions au bout.

Les gens sur le quai se sont dirigés vers des escalators qui, très lentement, les ont hissés vers ce toit-araignée dont la vue m'a coupé le souffle : jaillissement de poutres s'élançant vers le ciel. C'était donc là-haut moi aussi qu'il fallait que j'aille.

Là-haut, au bout du bout.

Et comme c'était bon, soudain, de me dire : voilà, j'ai atteint la limite au-delà de laquelle le monde n'est plus le monde. Je veux dire : mon monde. La ville. Sa rumeur. Sa mémoire dans ma peau. Ce qui y avait été construit, ce qui y avait été détruit. Parce que, après le terminus, ce sont des champs ici. Des champs remplis d'oiseaux qui s'ouvrent sur un ciel que je ne connais pas, mais dont la vue, chaque jour, me rappelle qu'un seul pas suffirait pour tout quitter.

Robocop, Septante, Titi, Moumoune, Georges, monsieur Éric, Liam, Joséphine, Josias, et même Vlad, j'en suis certaine, ont été traversés par la même pensée : celle, en échouant ici, d'avoir atteint cette limite au-delà de laquelle plus rien ne peut advenir si ce n'est le retour sur ses pas ou alors un temps d'arrêt, parce que s'enfoncer un peu plus, ne serait-ce que d'un seul millimètre, reviendrait à tout perdre.

Pour eux, comme pour moi, ce monde est notre dernière chance. Le quitter, ne serait-ce qu'une seule fois, ce serait renoncer à tous les voyages, à toutes les identités, perdre, en somme, le peu de matière qu'il nous reste, rompre définitivement le fil qui nous tient encore en vie, briser la magie par laquelle chacun de nous ici s'invente hors la violence du monde.

SOB : *souls on board.* Nombre de personnes à bord, y compris l'équipage et les bébés.

Chapitre 7

« Vous désirez quelque chose ? »

Devant le mini-comptoir Hédiard du T2F, la jeune Chinoise, cheveux tirés en arrière, visage très pâle, rouge à lèvres écarlate, me fixe de ses grands yeux noirs.

« Pour l'instant, non, je regarde, merci. »

Brochettes de cristal de sucre, serpentines à l'orange, boîtes de barbe à papa. Vlad m'en voudrait à mort de dépenser aussi stupidement mon argent. Avec un sac Hédiard à la main, qui pourrait penser que je vole cette nourriture laissée là sur une table, là sur une chaise, le temps d'un regard vers les panneaux d'affichage ou d'une conversation sur un portable ? Vlad ne vole rien, lui, il attend que je fasse le sale boulot à sa place ou alors qu'un Lucien m'offre un café, comme ça arrive parfois ici.

« Parce qu'ici, reconnais-le, les gens sont différents. »

Même Liam le constate dans ses cahiers. Comme si la proximité des avions élargissait les cœurs.

« Finalement, je voudrais bien de la barbe à papa.
– Vous désirez une grande boîte ?
– Non, une petite, s'il vous plaît.
– C'est pour offrir ?
– Pour offrir, oui. »

Chloé-Ming Ting (badge) travaille en horaires décalés, ce qui lui permet de poursuivre ses études de droit. Plus tard, elle sera juge ou inspecteur.

« Serrer des criminels. J'en rêve depuis que je suis toute petite ! Vous voulez un papier cadeau ?

– Je veux bien, oui, merci. »

ÉGYPTE : VOTRE CROISIÈRE DE RÊVE SUR LE NIL…

Sur le tapis roulant qui m'emporte vers le T2C, j'ouvre mon paquet, émue.

« Elle est bien gâtée, la demoiselle ! »

Josias ! Toujours aussi crade, les cheveux en pétard. Ni Joséphine ni Liam ne l'accompagnent, il empeste, et je n'arrive toujours pas à comprendre comment lui et son clan n'ont pas encore été virés par les patrouilles d'agents de sécurité qui, jour et nuit, quadrillent l'aéroport. Les autres SDF, oui, régulièrement, mais eux, non, jamais, comme s'il fallait faire une exception ou alors parce que, face à un tel trio, n'importe qui renonce, tant il est clair qu'aucune force mentale ou physique ne saurait venir à bout de la conviction qu'ils ont d'être ici « chez eux ». Ici : l'aéroport. Chez eux : deuxième sous-sol du parking du T2A où, depuis le commencement du monde, ils dorment, protégés par onze chariots remplis de bric et de broc.

« Gâtée ? Pas gâtée ? Elle a perdu sa langue, la jeune dame ? »

Je le regarde, inquiète. À quoi joue-t-il ? Deux stewards de la compagnie Iberia s'approchent, me demandent si j'ai besoin d'aide.

« Tout va bien, merci. »

Josias pouffe. Je me sens de plus en plus mal.

« Elle me donnerait bien un peu de sa barbe à papa quand même ? »

Je plonge les doigts dans le nuage rose de sucre, lui en tend un bout qu'il avale aussitôt. Voilà plus de six mois qu'on se voit deux à trois fois par semaine tous les deux, mais jamais à la surface. Souvent, il profite de ces moments pour « discuter » comme il dit (ce qu'il a rarement l'occasion de faire avec Joséphine et Liam), en échange de quoi il me refile de la nourriture *made in* « poubelles hôtels de luxe », voire celle confisquée aux voyageurs en partance pour les USA : confit de canard, foie gras, bouteille d'alcool. Depuis qu'on se connaît, c'est la première fois qu'il m'aborde devant tout le monde. Qu'est-ce qu'il lui prend ?

Un agent de la sécurité surgit, je m'éloigne aussitôt. Derrière mon dos, Josias profite de l'attraction qu'il a suscitée pour réclamer à un voyageur le reste de sa cannette. Je crois bien que ça marche. Je ne sais pas, je n'ose pas me retourner.

Trois photos de pub en enfilade : une maisonnette perdue sur un îlot sauvage, des rangées de parasols vus du ciel, un homme à skis s'éloignant, de dos, dans un très beau paysage de neige.

AVEZ-VOUS PENSÉ À VOTRE RETRAITE ?
AVEC HSBC, LE MONDE VOUS OFFRE
CE QU'IL A DE MEILLEUR.

Mon cœur bat à tout rompre. Je m'arrête, essoufflée. Moins une, à cause de lui, je me faisais coincer !

« Votre passeport, s'il vous plaît. Nom, prénom, date de naissance ? Êtes-vous célibataire ? Mariée ? Avez-vous des enfants ? Dans quel pays résidez-vous ? À quelle adresse ? Avez-vous une autre nationalité ? »

Cramponnée à la rampe, je m'efforce de respirer le plus lentement possible.

« Comme ça, oui, ou alors votre cerveau ne tiendra pas.

– Je ne comprends pas, docteur. »

Ces mots, d'où proviennent-ils ? Derrière les baies vitrées, les voitures filent sur les rampes d'accès, évitant à chaque instant le choc qui… Quelque chose remonte soudain en moi, des mots dont je ne saisis pas le sens et qui, telles des milliers de bulles, éclatent au contact de l'air, libérant un déluge d'images où des cimes d'arbres mêlées au ciel tournoient de plus en plus vite, entraînant avec elles le pare-brise avant d'une voiture qui…

« Eh !

– Je…

– Dites donc, heureusement que j'étais là ! Vous avez trébuché ou quoi ? »

Il me soutient de son bras, parle sans plus s'arrêter. En moi, les vitres de la voiture n'en finissent pas d'exploser. Mon corps décrit des cercles dans le ciel.

« Je me rends à New York, je suis franco-espagnol, je travaille dans l'agro-alimentaire, un secteur qui marche, et vous ? »

Trouver une réponse. N'importe laquelle. Résister à ce qui en moi est en train de se fendre.

« Marketing… Une société au Kenya… Le béton.

– Ah oui, je vois, l'Afrique ! »

Cet accident, l'ai-je vécu ? Et si oui, quand ? Où ?

« Figurez-vous, je bouge tellement que je ne sais même plus parfois dans quel pays je suis ! »

Il rit une nouvelle fois, plonge ses yeux dans les miens.

« J'aimerais cependant vivre plus de moments comme ceux-là. Hors agenda. Par là ? »

Je me retiens à son bras.

« Oui, par là. »

Je suis à bout de souffle. Il ne semble pas s'en apercevoir. M'invite à venir passer une semaine chez lui dans son très bel appartement de Madrid centre.

« Mais vous avez le choix, j'ai également une belle villa dans le Sud et un appartement à Buenos Aires. »

Je bredouille un merci. Il me demande mon adresse, mon numéro de portable, promettant de m'appeler dès son retour parce que : « Dans la vie, il n'y a pas de hasard. »

Il me quitte enfin (sonnerie de son téléphone), « *encantado* de la rencontre ». Je reste seule, sonnée. Cette voiture valsant dans le décor ? Flash d'appareil photo.

« *Smile !* »

Deuxième et troisième flashs. Je m'appuie sur le rebord d'un siège. Mais tout vacille à nouveau et c'est comme si, soudain, je glissais le long d'un immense toboggan. Là-bas, au loin, la lumière est si blanche. Est-ce encore moi, mon corps ? Et que fait donc cette foule qui trinque et rit ?

Une mariée soulève son voile, jette un baiser à une fillette d'à peine six ans. Ravie, celle-ci se fraie un chemin parmi les invités pour venir regarder les bouquets de fleurs qui flottent à la surface de la piscine. Une main la tire de sa rêverie, sa petite sœur qui veut jouer avec elle. Pourquoi lui a-t-elle désobéi ? Ne lui avait-elle pas dit de rester avec les autres ?

La petite se met à pleurer. La grande se penche vers elle, la serre fort dans ses bras. Trop fort peut-être. La petite pleure de plus belle. Démunie, la grande relâche son étreinte. Un coup, elle la voudrait collée contre elle, un coup, hors de sa vue. De grosses larmes silencieuses

*roulent sur les joues de la petite. La grande lui tend
la main.*

*« Allez, arrête de pleurer, je veux bien jouer avec
toi, mais... »*

« Vous avez besoin d'aide ? »

Deux hôtesses me dévisagent. Ces deux fillettes,
l'émotion qu'elles me procurent...

« Il y a un centre médical, voulez-vous qu'on vous
y accompagne ?

– Merci, non.

– Vous êtes sûre que tout va bien ? »

Elles finissent par s'éloigner. Le cœur battant, je
m'appuie contre le mur. Moi, leur mère ? Brusque envie
de vomir qu'il me faut réprimer à tout prix. Surtout ne
pas attirer l'attention, garder les yeux ouverts, rester
aussi droite, aussi calme que possible. Et si j'étais l'une
d'elles ? L'aînée me ressemblait si fort. Je me touche
le ventre à la recherche d'une réponse. Tout fait si mal
soudain.

« Vous avez un souci ? »

Cette fois, il s'agit d'un passager.

« Un petit moment de faiblesse, mais je vais mieux,
merci. »

Il s'éloigne. Je me redresse lentement.

AVANT DE PARTIR, FAITES S'ENVOLER LES PAPILLES.
TROPICANA SMOOTHIE
PAUSE 100 % FRUITS.

Une famille africaine me demande la direction de
la gare TGV. Je fais quelques pas à leurs côtés pour les
mettre sur la bonne voie, finis par m'asseoir à côté d'un
groupe de jeunes filles venues accueillir leur amie de
retour d'Inde.

« On avait un guide aux cheveux orange qui nous a fait visiter tout Agra. Il ne voulait qu'une chose : qu'on soit *happy* ! Khajuraho, sublime aussi, on a visité tous les temples, super-pornos, les Indiens ! Dans le bus, une femme, intriguée par ma barrette, a essayé de m'arracher un à un les cheveux pendant trois heures. J'ai rien osé dire pour ne pas ressembler à une Occidentale relou ! Varanasi, la ville la plus sale que j'aie jamais vue. Des merdes de vaches partout, à tel point que les gens crient "bouse" tous les deux mètres pour prévenir les autres à l'arrière. Mais ce n'est pas tout. Ça grouille de blattes, de sauterelles, de moustiques, d'ordures, et de chiens tellement à la masse qu'ils pensent même pas à nous attaquer. Heureusement, pas trace d'éclopés ou de lépreux. Les gens sont tellement bêtes de raconter n'importe quoi ! »

Je me lève, suis, pendant un long moment, les lignes au sol qui forment de grands losanges.

Ce trou en moi, le drame qu'il abrite. Ne pas remuer cela.

Ces petites filles…

Bouger. Marcher. Courir s'il le faut. Mais ne pas lui donner prise. Ou alors la nuit complète.

*

Ici, elle n'a pas de corps réel. L'eau qui gicle sur ses mains, elle la sent pourtant. Elle a donc un corps. Une peau, du moins. Une peau extraordinairement sensible depuis laquelle, protégée par ce blanc qui l'enveloppe, elle peut encore aimer le monde, espace où elle n'a plus de poids et où, comme indécis, son cœur bat. Un cœur à peine éclos, si plein d'amour pourtant, si plein de tendresse par-delà ces cris qui remontent en elle.

Des cris rauques qui la font se gratter jusqu'à perdre le souffle. Un souffle où, dans cette bulle, à l'écart de tous les drames, elle marche, avec dans la bouche comme un goût de coton ; son monde à présent et dont les parois s'épaississent, à mesure que le temps passe, la protégeant toujours plus de ce gouffre qui la guette, gueule béante qu'il lui arrive parfois encore de ressentir quand dans sa tête ça cogne ou lorsque, comme hier, la mémoire rejaillit, folle, et que ses ongles, dans son sommeil, sans plus aucun contrôle, grattent. Ses yeux alors qu'elle ouvre, ses yeux comme une supplication, sa petite valise effrénée qu'elle tire, ça y est, elle ne ressent plus rien, ni le tourment, ni la douleur, la foule entre à nouveau en elle, son va-et-vient limpide. Sans nom ni prénom, à nouveau elle y marche. Aberrante, translucide. Et c'est tant mieux, car sa mémoire porte un secret si lourd qu'à sa simple advenue tout d'ici pourrait bien disparaître, or comment pourrait-elle désirer cela ? Elle est si bien ici. Tendre les mains aux décombres, réclamer leur retour, pourquoi ?

Chapitre 8

Au Ti, je m'arrête devant les immenses sapins rouges saupoudrés de fausse neige. Un vieux monsieur soupire en me parlant de Bogota, sa ville natale. Tout change si vite là-bas, les loyers ne cessent d'augmenter…

« Même le chocolat chaud, ils ne le servent plus avec un morceau de fromage. C'était l'usage dans tout le pays pourtant ! »

J'interroge Vlad du regard.

« Tu le savais, toi ?

– Quoi ?

– Qu'on servait le chocolat chaud avec du fromage en Colombie ?

– Non.

– N'empêche, avec toutes ces adresses que je récolte, je pourrais facilement faire le tour de la planète.

– Et pourquoi tu ferais ça ?

– Je ne sais pas, pour découvrir le monde.

– Le monde, il est partout pareil. La même odeur. La même connerie.

– Vlad…

– T'as toujours pas compris qu'ils t'invitaient pour te sauter ?

– Pas forcément, et puis, ils ont bien le droit de tenter leur chance, non ?

– Et t'appelles ça de la gentillesse ?

– T'appelles ça comment, toi, quand tu me le demandes ?

– Tu comprends rien.

– Qu'est-ce qui te fait croire que je ne comprends rien ?

– Je pue, tu me parles encore.

– Tu ne pues pas, Vlad.

– Tous, on pue ! Seulement, eux, ils préfèrent courir là-haut, avec leurs projets de baraques, de piscines, de voyages organisés. Comme si ça allait changer le cours des choses ! »

Il me tourne le dos, se retire dans son coin. J'aurais tellement aimé lui confier ma peur des souvenirs ressurgis, fillettes dont je ne sais si elles sont mes enfants et si elles sont toujours en vie, venir me blottir contre lui, comme je le fais parfois jusqu'à ce que son corps blessé, brutal, me prenne. Lavant tout. Mais, là, face à sa hargne, je décide de remonter à la surface prendre l'air.

La nuit est tombée. Je traîne, veillant à ne pas avoir l'air trop affectée. J'ai eu ma dose de compassion aujourd'hui. Que se serait-il passé si les hôtesses avaient tenu à m'accompagner au centre médical, ou si, aux côtés du *businessman* espagnol, je m'étais évanouie ?

Au point info de la porte 36, une pancarte annonce qu'il est encore temps de réserver sa soirée cabaret. Dans un coin, deux militaires relacent leurs bottes.

Peu à peu, l'aéroport se vide. Dans le ciel, le ballet des avions s'espace.

Vers vingt-trois heures, je descends au parking, veillant à ce que personne ne me suive. Je n'ai pas revu Josias depuis qu'il m'a interpellée en zone publique. J'attends de lui une explication. Les portes de l'ascenseur s'ouvrent. Je bifurque à droite vers le hall qui fait sas avec les portes coulissantes. C'est ici que, entourés de leurs onze chariots, ils ont élu domicile : l'endroit est relativement isolé, et il y fait bon. Je m'avance prudemment. Liam, avec son corps si maigre et sa démarche branlante, me donne l'impression qu'il va se briser. Vais-je un jour finir comme ça ? Joséphine, leur « mère » à tous les deux, m'effraie elle aussi quand je la croise, là-haut, l'air hagard, accoudée à son chariot, et triant tout avec une sorte d'obsession. À ses yeux, Liam et Josias sont ses fils et malheur à qui ose les approcher.

Je suis à moins d'un mètre d'eux : la masse de vêtements, chaussures, barquettes de nourriture, boîtes de conserve, jouets cassés et bric-à-brac accumulés dans leurs chariots m'empêchent de les voir. Ça pue l'urine, j'ai bien envie de faire demi-tour quand Josias, torse nu, surgit devant moi, le doigt posé sur ses lèvres, me faisant signe de l'attendre là où nous avons pris l'habitude de nous retrouver, tout au bout du parking. Là-bas, personne ne passe, et on peut s'asseoir sur un petit rebord.

Cinq minutes plus tard, il déboule, ravi, avec la moitié d'une pizza trois-fromages gagnée là-haut auprès du personnel du Pizza Hut en échange de menus services.

« Noël, ça se fête, non ?

– Noël, c'est dans dix jours.

– Fais pas la tête, j'ai un vrai scoop : au Népal, ils ont élu une gamine de trois ans déesse vivante. Jusqu'à sa puberté, ils vont l'enfermer dans un palais avec l'obligation, quand elle en sortira, d'être portée par trois hommes pour que ses pieds ne touchent pas le sol impur !

– …

– Et à Marseille aujourd'hui, y'a eu des bouchons à cause d'une grève des bus…

– …

– T'es fâchée à ce point ?

– Tu veux qu'on me jette dehors ?

– J'avais envie de te parler, c'est tout.

– C'est tout !?

– Tu vois pas que t'es comme eux ?

– Ah, parce qu'ils viennent te causer, eux aussi ?

– Comme eux avec une mention spéciale, d'accord…
Bon, je recommencerai pas. Ça te va ?

– Ça me va si tu tiens ta parole.

– C'est tellement mieux quand tu souris. Parfois,
je me demande si t'as été mariée, si t'as des gosses.
T'es si belle.

– Pour le Népal, t'as su comment ?

– Un étudiant hongrois.

– Ils y croient pour de vrai au coup de leur déesse
vivante, les Népalais ?

– Qui te l'a offerte, la barbe à papa ?

– Tu es jaloux ?

– Jaloux, ça veut pas dire que je t'aime.

– Moi non plus, Josias, je ne sais pas grand-chose
de ta vie.

– Peut-être, mais moi, un jour, je te raconterai.

– Pourquoi pas là ?

– C'est bientôt Noël, là.

– Qu'est-ce que ça change ?

– C'est pas une période pour dire les choses. Au
fait, Liam s'est remis à écrire. Il m'a demandé si je
connaissais quelqu'un qui serait d'accord pour le corriger. J'ai dit que j'avais une copine super-branchée dans
l'Éducation nationale…

– Et ?

– Bon d'accord, Éducation nationale, j'ai inventé,
mais pour Liam, tu le connais, ça l'a fait. Qu'est-ce
que t'en dis ?

– Moi ?

– Y'a un jackpot à ramasser.

– Joséphine, elle est au courant ?

– Joséphine, elle cuve. Le jackpot : deux boîtes de foie gras, et une bouteille de vodka.

– Avec Liam, c'est compliqué, Josias…

– Y'a autre chose… Un truc qui va te faire rêver.

– Dis toujours.

– Un cordon de badge. Avec ça autour du cou, il suffit de faire comme si ton badge était sous ton foulard, toutes les portes s'ouvrent !

– C'est oui tout de suite, passe !

– Je suis pas un chef ?

– Si.

– Embrasse-moi alors.

– Non.

– Juste les lèvres.

– Non.

– Putain, déconne pas, je bande dur.

– Non.

– Touche au moins.

– Non.

– La dernière fois…

– Quoi, la dernière fois ?

– À un avion, tu dirais oui.

– À un avion propre, oui. »

Carnet de Liam 1
(corrigé)

Il s'en sort, il s'en sort, il n'est pourtant jamais allé à l'école coranique, mais quand ils vont savoir qu'Il sait, ils le tueront et l'enverront MORT vers LES DIX DESTINATIONS À 1 000 EUROS ! Il ne pourra alors plus rien révéler !

Les lettres G sont au rendez-vous, surtout les GUESS et les GUCCI qui arrivent de Mexico, de Caracas, de Las Vegas. Ils font semblant de rire et disent qu'ils sont partis en « escapade ». Escapade, c'est le code ! Le code pour dire que le danger menace de plus en plus ! Tous cachent leur peur et c'est très bien parce que sinon la Censure leur tomberait dessus et ce serait une abomination parce que c'est à eux qu'il faut qu'il révèle le GRAND SECRET ou alors personne ne saura jamais rien !

Lui seul le peut, car Il sait de QUI Il est le fils et c'est pour ça qu'Il sait TOUT ! Même la Censure ne sait pas qu'Il est celui-là ! (La Censure pense que son PÈRE n'a jamais eu d'enfants et même le PÈRE ne sait pas qu'il a un Fils !)

Mais le Jour où il va révéler LE GRAND SECRET, alors le PÈRE comprendra TOUT et la Censure ne pourra plus agir et TOUS pourront se débarrasser des lettres qui s'accumulent sur leurs habits parce qu'il n'y aura plus de raison d'avoir peur.

Le TOURISME sera INTERDIT !

Alors LES DIX DESTINATIONS s'éteindront d'elles-mêmes. Les villes retrouveront leurs VRAIS noms. Les gens aussi. Tous discuteront entre eux SANS CODE !!! Plus personne ne s'encombrera des Lettres. Les bagages à roulettes ne réchaufferont plus les sols. Il n'y aura plus de flux, de déplacements. TOUT SERA APAISÉ. Et comme, grâce à lui, LES SÉJOURS n'auront plus lieu d'être, les femmes se remettront à aimer leurs enfants et les hommes aussi. TOUS iront rêver sous les arbres. La PAIX et la PROSPÉRITÉ reviendront. La JOIE.

Chapitre 9

JOSIAS, JE L'AI CONNU au mois de mai. C'était au petit matin, il faisait particulièrement froid. Après être allée fumer dehors, j'étais entrée dans les toilettes de la galerie rouge. Rien de mieux que les séchoirs automatiques pour retrouver un peu de chaleur. Il suffit de soulever son pull, de laisser l'air s'engouffrer. Les yeux fermés, j'imaginais un énorme réacteur me propulsant avec tant de force que je finissais par m'envoler. Son odeur rance m'a fait rouvrir les yeux. Dans le miroir, il se tenait debout, immobile, avec son pull noir troué.

« Vous savez lire ? Ce sont les toilettes des femmes ici. »

Il a haussé les épaules, comme Vlad le fait si souvent. Avec le même désespoir.

« Les séchoirs, ils marchent plus chez les hommes… et moi aussi, j'ai froid. »

Une passagère, voilà ce que j'étais. Une voyageuse anonyme comme les quatre-vingt-dix millions d'autres qui, tous les ans, arrivent, transitent ici. Pressée, il fallait que je sois pressée face à sa détresse. N'avais-je pas un avion à prendre ? Réajuster ma queue de cheval, faire volte-face, partir. Trouver un vol, n'importe lequel. Me diriger vers la bonne porte d'embarquement. Le planter en somme. Le laisser face au miroir, comme n'importe quelle voyageuse le ferait, parce qu'il n'est plus question de « cela » quand on part. Un peu de monnaie à la rigueur, sauf que je n'ai pas un sou en poche. Vraiment rien. Alors demi-tour. Mais il me bloque le passage, moi, la femme aux yeux verts, valise à roulettes trouvée devant un taxi G7, moi, celle qui pourrait être mère de famille, *businesswoman*, touriste.

« Pour la nuit, j'ai un bon plan si tu veux, et vaudrait mieux que tu dises oui parce qu'ils finissent toujours par les repérer, les comme toi. »

L'avait-il su par Liam, son frère à moitié dingue qui, lorsqu'il est en crise, voit parfois tout du passé ou de l'avenir d'une personne ? Par Joséphine, qui, bien qu'obèse, trouve la force de sillonner, matin et soir, les aérogares, observant tout, voyant tout, au point que l'œil de Dieu, s'il existait, ne ferait pas mieux qu'elle, ou alors par lui-même, Josias, un de ces jours de dispute avec les siens où, pour se calmer, il lui faut faire sept fois le tour des terminaux, sans discontinuer ? Peut-être était-ce cette fois où, comme il me l'a un jour confié, il m'avait surprise tard dans la nuit en train d'observer la valse des balayeuses sur les pistes, ou alors, le jour de mon arrivée, quand, épuisée, je m'étais endormie par terre dans le hall de la gare TGV. Josias sourit quand je lui pose la question, murmure qu'il aime le mystère lui aussi. Sans doute mon immobilité des premiers jours. Je restais alors des heures entières assise sans bouger, grelottante. Il est possible qu'il m'ait repérée là. Juste avant que je ne comprenne.

Marcher. Toujours marcher. Quarante-huit heures sur place ont suffi pour que j'intègre l'information. Marcher, oui. Sans cesse. Seul moyen de ne pas se faire repérer par l'un des mille sept cents policiers affectés à la sécurité ou par l'une des sept cents caméras qui, vingt-quatre heures sur vingt-quatre, filment les allées et venues de tous. Marcher, aller d'un bout à l'autre des aérogares, revenir sur ses pas. Tourner en rond, quoi, car ici l'ensemble des modules des terminaux ABCDEF forment un immense 8. Se fondre dans la foule en tournant sans fin pour me protéger des regards, ceux des SDF dont je ne veux surtout pas faire partie, ceux des policiers, ceux des opérationnels enfin, plus de cent mille personnes ici.

Vlad, soudain méfiant, plonge ses yeux dans les miens.

« Cent mille personnes, comment tu sais ?

– Je l'ai lu dans leur journal.

– Je croyais que tu lisais pas.

– Avant de te rencontrer, non.

– Quoi d'autre ?

– Quoi, quoi d'autre ?

– Dans leur canard, quoi d'autre, tu me l'as pas filé, celui-là.

– Tu l'as pas eu parce qu'il était sale et déchiré ; tu m'as dit que tu détestais ça, les pages déchirées.

– Je les déteste, c'est vrai.

– En septembre, le trafic d'Aéroports de Paris a été en baisse de 10,4 % par rapport au mois de septembre 2013, avec 7,2 millions de passagers accueillis, dont 4,9 millions à Paris-Charles-de-Gaulle. Aéroville a attiré 7,2 millions de visiteurs, soit près de 5 millions de moins que l'objectif de départ.

– Et avec ça, t'as des problèmes de mémoire ?

– J'en ai, oui. C'est pour ça que j'essaie de retenir tout ce que je lis.

– Mon cul. »

Il me tourne le dos. Je poursuis.

« Les opérationnels, avec les filiales, ils atteignent les 120 000 âmes.

– Qu'est-ce que tu veux que ça me fasse ?

– Moi, ça me plaît de les savoir si nombreux. »

Par-dessus tout, j'aime cette façon qu'ils ont de s'aborder, de se tutoyer. Je ne sais pas si c'est dû à leur badge, mais, chaque fois qu'ils se croisent, ils se saluent, donnant toujours l'impression de se connaître.

« Ailleurs, les choses ne se passent pas comme ça, pas vrai ? »

Au bar du Quai de Seine, Lucien m'écoute les yeux tout ronds.

« Ailleurs, tu veux dire en dehors de l'aéroport ? Ma parole, c'est à croire que tu n'es jamais sortie d'ici, toi ! »

Je rougis violemment. Il éclate de rire.

« Allons, je ne voulais pas t'offenser ! Tiens, je t'offre un autre café pour la peine. Tu as bien le temps, non, ton Paris-Londres ne s'envole qu'à la demie. »

Je me demande à quel point il sait, pour moi. L'autre jour, alors que je lui confiais mon envie de changer de boulot, il s'est penché à mon oreille, murmurant que, si j'y mettais du mien, il était sûr que j'en trouverais…

« Parce qu'une femme comme toi ne peut pas rester comme ça. »

J'ai pris l'air de la fille qui ne comprenait pas, j'ai même bêtement pouffé, puis des clients sont arrivés et j'en ai profité pour m'éclipser.

Que sait-il au juste ? Et par qui ? De nouveau, aujourd'hui, Lucien me laisse entendre qu'il en sait beaucoup plus que je ne le pense.

Cela fait à peine deux mois qu'on se connaît. Je passais devant son bar, et il m'a offert un jus. Depuis, c'est devenu entre nous un rituel auquel il ajoute parfois un sandwich, une assiette de biscuits, un yaourt.

« Londres, je t'accompagnerais bien, mais, avec tout l'argent que je dois envoyer à ma famille, il faut que j'économise. Sans parler du billet *business* que je veux offrir à ma mère. Le jour où, dans mon village, ils ont construit l'école, tous les hommes, dont mon père, ont juré qu'ils n'y enverraient pas leurs fils. Furieuse, ma mère s'est rendue à pied jusqu'à la sous-préfecture – je te parle de cinquante kilomètres, là ! – pour qu'ils obligent son imbécile d'époux à se soumettre à la loi. Combien de fois elle s'est fait battre à cause de ça, et moi aussi ! Au village, tout le monde regrette aujourd'hui. Il y a peu, tous sont venus lui demander pardon, la suppliant de me faire revenir de France pour que je devienne chef du village à la place de mon frère.

– Et tu ne veux pas ?

– C'est qu'ils me croient très riche. Mon frère, en plus... il est puissant. Il détient de très grands pouvoirs. C'est un sorcier.

– Comment ça, un sorcier !? »

Il se met à rire bruyamment.

« Vous, les Blancs, il y a tant de choses qui vous échappent ! »

Toute la journée, je marche en essayant de faire comme d'habitude, lire les journaux, tirer ma valise, comparer les vols, parler avec des passagers sans parvenir pour autant à contrer l'angoisse qui monte. Qu'est-ce que je fais ici ? Ne voient-ils pas que je leur mens ?

Derrière les vitres du patio du T1, le spectacle de milliers de bulles de savon s'élevant dans les airs, balayées par des spots de lumière rouge, m'apaise.

Kathy (badge), serveuse du café Le Grand Comptoir, me confie qu'elle ne voit plus le temps passer depuis qu'ils ont créé ce décor. Avant, elle était secrétaire de travaux. Elle a dégoté ce nouveau job il y a un mois. Ça lui plaît bien.

« La musique des langues surtout. »

Vols pour Istanbul, Madrid, Alger, mais l'angoisse ne me quitte pas. Je suis dans un manège, je tends le bras pour attraper le trophée, mais rien, pas l'ombre d'un butin, le manège tourne à vide. Les premiers jours, il n'y avait que du neuf. Tout me sollicitait. Je dormais bien. Ma tête ne me faisait pas mal. J'étouffe à présent. J'étouffe à faire semblant.

Je sors, je me dirige vers les pistes. Quand rien ne va plus, seule la proximité des avions me calme. Face à leur tonitruance, je gueule et c'est comme libérer le plus intime, le plus inaccessible de moi-même.

Yordan, un jeune *spotter* néerlandais, me tombe dessus.

« T'es au courant pour Pise hier ?

– …

– Juste avant le décollage, sur un vol Ryanair, un passager, pris de panique, a sauté de l'avion.

– Comment ça, il a sauté ?

– Je peux te filer l'article si tu veux. Et, pas plus tard qu'hier, sur un EgyptAir cette fois, un python s'est échappé du sac d'un des passagers. Ils ont dû se poser en catastrophe. »

Je ne peux m'empêcher de rire. Impossible d'être déçue avec ces types. De vrais dingues qui passent leur vie à photographier tous les avions du monde. Un Air Canada apparaît de dessous les nuages. Nous le scrutons en silence, puis une dizaine d'autres à la file. Le soir lentement tombe. Il me salue et je reste plus d'une heure à guetter leur apparition face aux pistes qui s'illuminent.

Quand, transie de froid, je pousse la porte des aérogares, le hurlement de leurs réacteurs résonne encore en moi. Et comme je l'aime, ce boucan. Il me lave.

BUNKER : lieu où sont détruits les bagages de soute qui, après les différentes étapes de contrôle, sont suspectés d'avoir un contenu douteux.

Chapitre 10

PARFOIS, JE PASSE d'un terminal à l'autre, ce que les autres SDF ne font pas de jour. La plupart restent sur le T2, puis, la nuit venue, dorment au T3 d'où s'envolent les *low cost*. Moi, non, jamais. Soit je décide de rejoindre Vlad dans les galeries souterraines, soit je choisis une place à côté d'un voyageur bien sapé, insoupçonnable, rôle d'épouse qui m'absorbe le temps d'une nuit. Ces nuits-là, d'autres nous rejoignent : des sans-abri cols blancs qui, la journée, travaillent en ville ; nuées d'ombres qui s'emparent, ici et là, d'une place sur un fauteuil, sur un banc. Certains ont des sacs, peu ont des valises. J'en compte parfois plus de quatre-vingts. La honte dans leur regard. Dès l'aube, ils filent pour se rendre à leur travail, comme si de rien n'était.

Certaines nuits, il m'arrive de ne pas dormir. J'aime tant ces heures entre minuit et cinq heures, où le voyage s'arrête. Plus personne ne bouge. Les hommes, les avions dorment. Seules quelques machines glissent, lavant les sols immenses. Hommes ou femmes de ménage les conduisent, presque toujours dans le plus grand silence. Ils ont trois heures pour tout nettoyer, pas une minute de plus, après quoi, le temps de séchage ne suffirait plus et la foule risquerait de glisser. Alors ils se concentrent, dirigeant leur machine un coup à droite, un coup à gauche, ratissant le moindre recoin afin que tout luise. La lune parfois s'y met. La clarté de ses rayons atteint les dalles encore humides et toutes étincellent. Je traverse les halls déserts, je longe les baies vitrées. Plus un seul être humain à la ronde. Je suis la dernière survivante d'un cataclysme qui les a tous anéantis. Dans les cafés, l'ombre des chaises dessine sur les sols des lignes qui s'enchevêtrent à l'infini et que je m'amuse à suivre comme si elles étaient l'accès de pays imaginaires où tout ne serait que joie. À travers les vitres, au niveau des arrivées, je regarde les salles de livraison bagages entièrement vides. Tout est suspendu. Le temps s'est comme figé. Je prends un chariot, je fonce, et hop je monte dessus. Voilà, je glisse, je ris en même temps. Tout est si beau et si tranquille quand ils ne sont pas là. Plus loin, sur les tarmacs, l'énorme masse des avions scintille, immobile. Alentour, plus personne n'envisage le moindre mouvement : il n'y a plus rien à attendre, plus rien à espérer. Sous la clarté du ciel, les tapis roulants à l'arrêt sont comme des routes abandonnées. Majestueuse, je m'y engage.

Je traverse mon palais.

« T'es sûre ? Tu veux vraiment pas prendre un café chez nous ? »

« Chez nous », c'est l'Algeco d'Emmaüs, situé au bout du T2B entre les routes de service. C'était le matin de ma deuxième nuit. Il s'appelait Philippe, il maraudait depuis bientôt deux ans et effectuait sa toute dernière tournée. J'ai levé la tête, ai poliment refusé. J'avais tellement peur qu'il m'oblige à raconter. Mais non. Il essayait juste de me prévenir que, si je ne voulais pas me faire virer, il allait falloir que j'apprenne certains trucs. Depuis, je ne me balade plus avec des sacs plastique, signe distinctif du SDF. Je n'arrête pas de marcher non plus, de changer de vêtements (vestes, pulls, foulards, bonnets, paires de lunettes, que je trouve ou vole), d'inventer des coiffures, d'ouvrir les portes, n'importe lesquelles, et tant pis si c'est pour me faire refouler, « pardon, je me suis perdue, je cherche les ascenseurs ». D'aller et venir, m'aventurer dehors, ce que les SDF, ici, évitent, ou alors juste pour s'en griller une à l'entrée des terminaux, mais du côté des pistes ou des zones de fret, jamais. Pourtant, il y a de quoi explorer : 3 257 hectares, plus d'un tiers de la surface de Paris, je tiens l'info d'un chef avion. Seulement, quand je supplie Josias de me suivre, il secoue la tête, déconcerté.

« Y'a rien que des routes là-bas, un vrai désert... »

Il ne termine pas sa phrase. Dans le fond, je pense que l'idée de se retrouver seul face au ciel lui fait peur. Moi, non, je l'aime, ce face-à-face, il apaise le vide en moi quand les avions tournent là-haut, créant un vertige, un peu comme ce jour où la voiture a valsé. Je m'en souviens à présent. Malgré la carcasse qui explosait, quelque chose me protégeait, une présence aussi douce que celle des avions dans le ciel. Quand je les vois en approche, corps légèrement rabattu, nez pointé en avant, roues sorties à l'air libre, je suis rassérénée, comme consolée.

Chapitre 11

HIER MATIN, l'aéroport était en pleine ébullition. Un attentat sur l'aéroport JFK à New York a été déjoué de justesse. Militaires, maîtres-chiens, agents de sécurité, flics en civil, tous sont désormais en alerte maximale. En me voyant m'habiller, Vlad, inquiet, secoue la tête.

« Attends un jour ou deux avant de retourner là-haut.

– Désolée, j'ai mon Rio. »

Sur les panneaux d'affichage, le vol AF 445 « flashe », ce qui, en langage d'ici, signifie qu'il va se poser dans moins de dix minutes.

Au bar de l'Espressamente, deux Chinois survoltés disputent une partie de cartes. Elena (badge), la serveuse, attend nonchalamment qu'orage se passe en astiquant la vitrine « Souvenirs de Paris ».

Devant les arrivées, un groupe d'illuminés de l'Église du Jugement dernier (drapeaux, casquettes) chante des psaumes en se tenant la main.

En retrait, une femme et ses deux enfants, un amoureux transi, un couple âgé, une poignée de chauffeurs et enfin, en appui sur la barrière, l'homme au foulard qu'il m'avait semblé reconnaître l'autre jour. Cette fois, il me fixe du regard et la mémoire me revient. C'est ici que je l'ai déjà vu, il y a plus d'un mois. Qui attend quelqu'un si longtemps ? Mon sang se glace. Un flic ? Je baisse les yeux, les relève aussitôt, me rappelant les leçons de Vlad, « ne leur montre pas que t'as peur, ne hausse jamais le ton. Quoi qu'il arrive, reste polie et droite ».

Fouiller mon sac. Sortir le vieux portable piqué il y a deux mois. Composer un numéro, n'importe lequel, parler de la voix de ceux qui voyagent pour de vrai, une voix haute et claire. Jouer à celle qui habite quelque part. À celle qui gagne de l'argent, qui a un job et, si le type m'aborde, avouer que, depuis que je suis au chômage, je traîne ici au point d'avoir rompu tout lien avec ma famille. Mais il ne fait pas un pas et continue à m'observer comme si cette vérité, la mienne, je la lui devais, à l'instant même où les passagers en provenance de Rio surgissent, déconnectés, *tous*, de la mémoire de ces 228 personnes qui, *toutes* par ce même vol, trouvèrent la mort dans la nuit du 30 mai, entre 23 h 10 et 23 h 14, au-dessus de l'océan Atlantique, à des milles et des milles de toute terre, et dont plus de la moitié des corps n'ont pas été repêchés.

Je suis tombée, moi aussi. Une chute fracassante qui ne m'a pas tuée comme eux, mais dont je suis ressortie autre. Avant que cela ne se produise, je vivais ma vie. Je ne sais plus laquelle, mais une vie qui m'appartenait *entièrement* et dont j'usais comme on use de tout ce que l'on croit posséder. Ainsi (c'est l'impression que j'en garde), je parlais de *mon* corps, *ma* maison, *mes* relations, *mon* argent, *mon* métier, *mon* mari, *mon* héritage, *ma* voiture, *ma* famille, *mes* désirs, *mes* engagements, *mes* espoirs.

La lumière du ciel était grise. Je me levais, j'ouvrais l'armoire où, la veille, j'avais pris soin de plier mes affaires. Je les dépliais et toujours les enfilais avec ce sentiment de certitude qui accompagne ce genre de vie. Il y avait un homme (mon mari ?) qui rentrait tard le soir. Un homme qui m'embrassait dans le cou. La voiture était bleue et la maison était aussi admirablement agencée que celles des magazines de décoration. Pas une once de poussière. Pas un meuble en trop. Dans la cuisine, un frigo rempli à ras bord de légumes, car, dans cette vie, manger sainement tenait de l'essentiel. La vie s'écoulait, immuable, et j'étais cette femme impeccable... Non, c'est impossible, je suis en train d'inventer. En face de moi, l'homme continue de me dévisager. Je détourne la tête. M'enfuis.

COPENHAGUE	AF 1450	D 61
PRAGUE	AF 4900	D 56
VALENCE	UX 1006	D 70
LUXEMBOURG	LG 8012	D 75
MUNICH	AF 1722	D 63
MALAGA	UX 1034	D 57
VIENNE	OS 412	D 72

Au bar du Quai de Seine, Lucien voit bien que je suis mal. Il m'indique une chaise libre, mais je préfère rester debout, dos à toutes les caméras. Il revient avec une assiette remplie de spéculoos.

« Mange, ça te fera du bien. »

Il aimerait bien que je lui confie ce qui ne va pas, mais comment lui dire ce que je vis, la honte aussi, celle d'avoir fui cet homme dont le simple regard a ébranlé la forteresse que j'essaie d'édifier.

« Tu me réponds ? Du sucre blanc ou du sucre roux ? »

Je secoue la tête, incapable de me décider.

« Autre chose, ma belle ? »

Non, rien, Lucien. J'ai juste si peur de ce doigt pointé sur moi, ce cri : « C'est elle ! » qui m'obligerait à me retourner, à entendre ce hurlement en moi.

« C'est dingue, non ?

– Pardon ? »

Lucien soupire.

« Cette fois, tu m'écoutes, hein ? À peine entré dans la boutique, un Asiatique, quarante, quarante-cinq ans, en partance pour Hong Kong, désigne le Château Pétrus millésimé 1985. Thierry lui annonce la couleur : 1 990 euros. Le passager réfléchit pas plus de trois secondes, répond que c'est parfait. Thierry demande si c'est pour un cadeau, et là, le type l'arrête. 1 990 euros, ce n'est pas assez, il lui reste un peu plus. Il sort alors une liasse de billets qu'il se met à compter. Allez hop ! Va pour un Château Yquem 1996 ! Le type paie, et là, c'est le bouquet ! Juste avant de sortir, il se retourne et confie, tout heureux : "C'est pour ma sœur, elle adore le bon vin pour faire ses vinaigrettes." Elle est pas juste incroyable, celle-là ? »

Lucien part d'un éclat de rire. Je balbutie une excuse, m'enfuis pour la seconde fois.

Venise. Marseille. Lyon. Milan. Shanghai. Montréal. Le Caire. Beyrouth. Toronto. Rome. Amsterdam. Casablanca. Genève.

Au milieu du hall, des enfants par terre. Plus loin, leurs parents, épuisés, dorment sur des chaises.

Terminal B. Un Black emmitouflé dans son manteau de fourrure cherche, affolé, son passeport. Trois Italiennes en doudoune le dévisagent sans retirer leurs lunettes noires.

Terminal C. Une grande blonde, file *business* : « J'ai du retard et alors ? Je dois partir, point. » Tout me semble si absurde, si irréel. Je pousse les portes : le froid polaire me gifle le visage.

« Madame, pour le 2G, c'est ici ! »

Je n'ai pas vu le chauffeur de la navette ouvrir grand sa porte devant moi.

« 2G, here madam! Here! Come! »

J'hésite un quart de seconde, *« Here madam! Come! »*, puis j'acquiesce, sans doute pour éviter les regards suspicieux des deux hôtesses Air Tunisie qui, déjà, se demandent ce que je fais, par ce froid, à regarder les voitures, alors que je pourrais très bien le faire de l'intérieur. Ou alors parce que l'idée de partir me rassure tout à coup. Je me sens si vulnérable. À bord, je suis la seule passagère. Yassine (badge) me demande où je vais (Hanovre), si j'ai déjà beaucoup voyagé (pas mal). Bangkok est-elle une bonne destination pour sortir le soir ? Et Miami ? L'île Maurice ? Je me mets à rire. Je ne suis pas allée partout ! Il hausse les épaules. Lui, il n'est allé nulle part. Il en a pourtant bien l'intention, un jour. En même temps, ça lui fait peur, ces villes où on ne parle pas le français. La navette longe le Sheraton, rejoint l'autopont, roule sur les hauteurs. En contrebas, sur les pistes déblayées par les énormes chasse-neige, deux 737 Air France se dirigent l'un derrière l'autre vers la sortie du tarmac tandis qu'un très beau Japan Airlines 777 apparaît de dessous les nuages. La navette file. Je m'efforce de répondre le mieux que je peux à la cascade de questions que continue de me poser Yassine sur Tokyo et ses bars, Dubaï by night, Hong Kong, Mumbai, New York.

Sur la gauche, les jetées du superbe terminal S4, capable d'accueillir jusqu'à sept millions de voyageurs par an. J'imagine, sous les verrières, l'immense Place de Paris où se côtoient bars, restaurants, « espaces détente », boutiques de luxe…

Arrivée sur le parking du 2G. Au loin, derrière les talus, la silhouette massive d'un McDonnell Douglas Saudi Arabia laisse poindre son aileron bleu vif orné d'un palmier or. En parallèle, un décollage, et dans le ciel, la traînée d'un envol.

À l'intérieur de l'aérogare, pas d'annonces sono. Aucun pleur d'enfant. Seul le clac clac clac régulier de rares valises à roulettes traînées sur les carreaux du sol blanc, et le bruissement du vent qui s'engouffre dès que quelqu'un entre ou sort. Un recycleur de chariots, pensif, prend sa pause café parmi des voyageurs en attente. Bulle de calme qui m'apaise, mais où je ne peux malheureusement pas rester plus de deux heures. Le 2G est trop petit pour se rendre invisible ; tôt ou tard, je finirai par être repérée. À la tête que font les gens, je dois bien être la seule à goûter à la tranquillité du lieu. Qu'ils débarquent ou qu'ils arrivent, tous sont déboussolés à la vue de l'aérogare. Le 2G ne ressemble à rien. Il n'est d'ailleurs que cela. Rien. Et c'est ce que j'aime. Ensemble de tôles construites à la va-vite qui, au moindre gros coup de vent, s'envolerait, comme j'ai volé en éclats.

Vlad secoue la tête.

« Le passé, c'est du passé. On ne peut pas revenir dessus. »

Je n'en rajoute pas, retourne sous les couvertures. Ce matin, quand il a vu que je ne montais pas rendre mon hommage, il a failli me virer.

« Qu'est-ce que t'as encore foutu ?

– Rien, je ne veux pas monter, c'est tout.

– Tu veux pas monter, et t'oses me dire qu'il s'est rien passé ?

– T'énerve pas, Vlad.

– Je fais ce que je veux.

– C'est à cause d'un type. J'ai l'impression qu'il a compris pour moi.

– Je t'avais dit de pas monter, oui ou non ?

– Je ne sais même pas si c'est un flic.

– Il t'a suivie ?

– Non, mais j'ai peur quand même.

– Je te l'avais dit de pas y aller, merde !

– …

– Fais-moi du café ! »

Ici, je suis en sécurité. Personne ne peut me trouver, pas même ce type croisé devant les portes du Rio. Qui, à la surface, pourrait imaginer que des hommes ont choisi de vivre à plus de huit mètres sous terre dans ces galeries souterraines ? Boyaux qui se déploient sur des dizaines et des dizaines de kilomètres sous l'aéroport. Vlad m'a confié un jour y avoir marché plus de sept heures sans en avoir jamais vu le bout. Lui, c'est dans les conduits de la galerie électrique qu'il a élu domicile. Juste en dessous passe la « fluide », où s'écoulent tous les liquides, mais, dans celle-là, on ne vit pas.

« On pisse à la rigueur, ou alors on chie.

– Qui, "on" ? »

Vlad ne sait pas. Depuis qu'il est ici, il n'a jamais croisé d'autres « habitants », même s'il a entendu dire qu'il y en aurait trois autres.

« Tu tiens ça de qui ?

– Je lis, moi, je m'informe.

– Mais ils seraient où, s'ils vivaient là ?

– Qu'est-ce que j'en sais ? Et puis, fous-moi la paix, j'ai besoin de personne, encore moins d'une femme qui n'arrête pas de me poser des questions ! »

Je ne réponds rien, parcours du regard les longs et gros tuyaux qui longent les plafonds et les murs. Certains sont si brûlants qu'il faut éviter de les toucher. On y fait sécher les vêtements. D'autres, plus fins, émettent des bruits étranges, comme celui d'ongles qui gratteraient la tôle ou celui de casseroles qu'on balancerait au fond d'un puits. La galerie fait maximum trois mètres de large, mais on peut facilement y tenir debout, et c'est déjà pas mal. La lumière, suite infinie d'ampoules électriques suspendues, ne s'éteint jamais. Au sol, Vlad a jeté un matelas et quelques couvertures, disposant tout autour des ustensiles de cuisine, des revues, des journaux, des livres, et même un transistor. Vlad adore écouter de la musique et, ici, il peut mettre le volume à fond sans déranger personne. Je ne sais d'où il tient la confiance qu'il a en moi, ni la raison pour laquelle il m'a adoptée. Je me dis parfois que c'est pour ne plus avoir à « se taper la race humaine », comme il dit. Pourtant, je sens bien qu'il y a une autre raison. Quelque chose lié à ce que j'étais. Mais qui ? Une fille dont la vie, après un mariage et un accident, aurait basculé ? Une folle échappée d'un asile ? Ou encore cette autre qui me fait si peur et que tout de moi rejette ?

Chapitre 12

« *I WANT A HOT CHOCOLATE*. Répète !
– *I want a hot chocolate.*
– Très bien. Dis maintenant : je veux du lait froid.
– *I want some cold milk.*
– Et maintenant : je ne veux pas d'eau.
– *I do not want water.*
– *Any water!*
– Pardon, *any water*.
– Si tu veux t'en sortir, tu ne dois pas faire de fautes.
– Dis-moi au moins pourquoi tu tiens tant à m'enseigner ce que tu sais ?
– Ce que je sais ne m'a servi à rien, mais à toi, peut-être, ça servira.
– Je ne comprends pas.
– C'est ce qui te sauve. »

Il s'éloigne, enclenche d'un geste las son transistor, se met à tourner sur lui-même, droit comme un I, sur une musique électro assourdissante. J'ai honte soudain. Honte de ce malheur qui l'habite, et face auquel je ne peux rien, pas même un geste de tendresse, le moindre baiser ici ne viendrait que raviver la plaie. Alors, je reste immobile à le regarder jusqu'à ce qu'il s'épuise de ces tours toujours plus rapides qu'il fait sur lui-même, comme s'il lui fallait atteindre ce pic de la transe où le corps, perdant tout contrôle, s'abat sur le sol avec un bruit sourd tandis que la musique, celle du monde, s'entête, plus cinglée que jamais.

Je ne sais pas de quel pays vient Vlad. Un pays de l'Est, mais lequel ? La Hongrie ? La Roumanie ? L'Estonie ? Le Kosovo ? Je ne sais pas davantage pour quelle raison il est arrivé en France, et depuis quand exactement il se terre ici. Il y a très longtemps, « dans une autre vie » comme il le dit, il a été prof d'anglais.

« Mais jamais plus je n'exercerai ma profession.

– Les types d'Emmaüs, ils pourraient peut-être t'aider pour tes papiers.

– Non, personne.

– Pourquoi, personne, Vlad ?

– Personne, c'est tout. »

J'ai connu Josias juste avant lui. Vlad, c'était quinze jours après. J'essayais d'ouvrir les portes métalliques des locaux techniques qui donnent sur les routes de service au −1 du T2C. Je cherchais un endroit où m'allonger. J'en avais plus qu'assez de dormir sur des chaises et au T3, par terre, avec eux tous, non, il n'en était pas question, même si Josias jurait par tous les dieux que personne ne me dérangerait.

« Les Russes, si je leur parle, ils te protégeront, crois-moi. Avec tous les services que je leur rends. »

Non, plutôt dormir debout. Seulement, ce soir-là, mes pieds avaient terriblement gonflé. À ce train, je n'allais bientôt même plus pouvoir enfiler mes chaussures. Il fallait que je trouve un lieu où m'allonger en toute tranquillité. J'avais commencé par explorer les couloirs situés sous le T2B, n'avais trouvé que des portes fermées. Puis, au −1 du T2C, le long de la desserte routière, j'étais tombée sur une série de portes que je n'avais jamais repérées. L'une après l'autre, j'avais vainement tenté de les ouvrir, jusqu'à cette main posée sur mon épaule. L'homme qui me faisait face, belle corpulence, peau blanche, yeux bleus, c'était lui, Vlad. Nous étions restés plusieurs secondes à nous regarder. Je cherchais dans ma tête les mots les plus simples en même temps que j'essayais de comprendre à quelle sorte d'homme j'avais affaire. Lui, je ne sais pas, mais c'est comme si, en découvrant mon visage, il avait été surpris, l'expression de ses yeux passant de la violence à la stupeur.

« Qu'est-ce que vous faites là ?

– Je… Je me suis perdue.

– Vous cherchez quelqu'un ?

– Je cherche un endroit pour dormir.

– Tu te fous de moi ? »

J'ai alors tenté de fuir, il m'a barré la route de son bras. Il ne portait ni badge ni uniforme. Que voulait-il ?

« C'est bon, suis-moi. »

Je l'ai regardé sans bouger.

« Tu veux dormir quelque part, oui ou non ?

– Je n'ai pas dit avec quelqu'un.

– Qui t'a dit que j'allais dormir avec toi ?

– C'est pas ça.

– Alors quoi, si je te dis que je te ferai aucun mal ? »

Il a baissé la tête, a répété d'une voix brisée :

« Je te jure, aucun mal. »

Il m'a saisi la main.

« Viens ! »

Monde d'en bas. Dédale de couloirs. Pénombre oppressante.

« Les tuyaux, fais gaffe, ils sont très chauds !

– Vous dormez là ?!

– Plus loin, tais-toi ! »

Dix minutes de marche, et là, dans un coin, son matelas posé à même le sol couvert de livres et de journaux, un tas de vêtements éparpillés dont certains suspendus à des conduites, une gazinière, un transistor. J'ai presque ri. Il a deviné ce rire en moi, j'en suis sûre, ça lui a plu. Je me suis allongée, en attendant qu'il se déshabille. Très vite, et assez brusquement, il a joui. Je n'ai rien ressenti, ni douleur, ni plaisir, j'ai tout fait pour qu'il ne s'en aperçoive pas.

Depuis, il me demande parfois, et je dis toujours oui. De son côté, il me fait découvrir des livres, m'enseigne l'anglais, un peu de russe aussi, m'ouvre son « antre » dès que j'apparais.

NETTOYEUSE : ce véhicule a été créé de toutes pièces à Roissy-Charles-de-Gaulle pour le nettoyage de ses 20 000 feux de piste. Il emploie de la coquille de noix brisée, à la fois tendre et suffisamment abrasive, et lave les feux au millimètre près grâce à une caméra incorporée au bout du bras situé à l'avant du véhicule. Il y a dix ans, le nettoyage se faisait à la main avec du détergent, puis au karcher avec de l'eau chaude.

Chapitre 13

CE MATIN, je me suis levée très tôt, le temps d'acheter un maximum de provisions au Petit Casino du T2B. Lucien ne travaille pas encore à cette heure, et Josias dort avec les siens. Quant à l'homme au foulard, je dois compter sur la chance pour ne pas tomber sur lui (lunettes de soleil, foulard autour des cheveux, valise orange cette fois, long manteau violine).

La veille, Vlad m'a tendu des billets qu'il a sortis d'une boîte en ferraille.

« Achète ce que tu veux, mais achète en quantité suffisante pour ne pas avoir à remonter avant un bout de temps, OK ? »

De l'eau, on peut s'en procurer au robinet de la desserte routière. La nuit, il n'y a jamais personne là-bas. Il manque en revanche de tout le reste : pain, confiture, pâté en boîte, céréales, lait concentré, café, sucre, chips, fromage, bonbons, fruits.

Dans le magasin, ma montagne d'articles m'attire le regard suspicieux de Claire (badge), la vendeuse.

« Nous sommes un groupe de dix, on a raté notre correspondance hier, nous avons dormi à l'aéroport, on crève de faim ! »

Elle se met à rire, rassurée.

« Vous alliez où ?

– Caracas, Venezuela. »

Elle me tend des sacs recyclables, me conseille d'en doubler les fonds.

« Pas la peine qu'en plus de tout ça votre petit déjeuner se retrouve par terre, hein ? »

Je la remercie, l'entends me souhaiter d'une voix chaleureuse « bon voyage ! ». Je file aux toilettes situées face aux bus Disneyland Resort, en profite pour me décrasser le visage. Qu'est-ce que je donnerais pour me payer une douche à l'Ibis ! Mais, avec tous ces sacs, je suis hautement suspecte, et Vlad m'attend.

Le jour ne s'est pas encore levé : pour les caméras, je ne suis qu'une ombre. Je trouve un chariot, y dépose mes sacs, retire mes lunettes de soleil, mon foulard, décoiffe mes cheveux, redescends au −1. Derrière leurs écrans, relookée comme je le suis, avec en sus un chariot, ils ne peuvent que me prendre pour un des quarante-deux sans-abri dont Emmaüs s'occupe ici. Le QG de l'association n'est pas loin, il n'est pas rare de voir traîner quelques « figures » dans les parages.

Une fois dehors, j'ouvre la porte métallique, veillant bien à ce qu'il n'y ait personne, je descends un à un les sacs par l'échelle murale, m'engage dans la galerie. Dix minutes suffisent pour rejoindre le repaire de Vlad. C'est une très faible distance. Pourtant, dès que je dois la franchir, je suis prise de panique, comme si, à chaque fois, ces bas-fonds allaient se refermer sur moi à jamais.

« J'avais dit du Lavazza !

– Qu'est-ce que t'as ? Tu trembles.

– C'est rien.

– Mais Vlad…

– Me regarde pas comme ça, j'ai juste attrapé un rhume, c'est tout. T'as pas de monnaie ?

– Si, là.

« – Au lait, le café, pour moi.

– Tu veux du sucre ?

– Pff… du sucre dans le café ! »

Nous buvons en silence, moi, assise sur le matelas, lui, blotti dans les couvertures. Je vois bien qu'il a de la fièvre ; il transpire à grosses gouttes. Je m'approche de lui, pose sur son front brûlant une serviette mouillée. Il se laisse faire, se rendort. Je regarde les murs, appréhendant l'idée de rester enfermée ici. Les heures passent. Vlad garde les yeux fermés. Je mange à peine, reste à fixer les murs qui suintent d'humidité, m'inquiétant de sa toux qui s'intensifie. Je finis par le réveiller.

« Non, je n'ai pas besoin de médicaments ! Et t'avise pas d'aller en chercher ! De toutes les façons, c'est rien que de la merde, toutes ces pilules ! »

Peut-être a-t-il peur que je l'abandonne, ou que je me fasse surprendre. Il se retrouverait alors seul, définitivement. Entre deux siestes prolongées, je lui demande si je peux écouter de la musique, mais il refuse, prétextant que je pourrais lui casser « sa » machine. Il est juste trop mal pour entendre quoi que ce soit, et je m'en tiens là.

De là-haut ne me reste que le bruit atténué des avions sur les pistes : roulements qui grondent par-dessus ma tête.

Je me mets à rire, perdue. Et si j'étais une SDF pour de vrai ? Si les rares souvenirs qui affleurent (cet accident, ces deux fillettes, ce mariage, cette femme) étaient le produit d'un cerveau depuis toujours dérangé ? Combien de fois me suis-je rejoué la scène de celle ou de celui qui, me voyant, m'appellerait par mon nom ? Il ou elle s'approche, me raconte mon histoire, et je reste comme pétrifiée. Rien de ce qu'il ou elle me dit n'évoque en moi quelque chose. Au point de l'exaspérer. *C'est impossible ! Tu le fais exprès !* Puis le noir, toujours plus oppressant, plus sombre.

« Tu sais, même mourir, je m'en fous.

– Non, Vlad, personne s'en fout de mourir.

– Moi, si. »

J'éponge son front, je tente de le faire boire. Quand il se rendort enfin, les souvenirs récemment ressurgis m'assaillent. J'ai beau fermer les yeux pour y échapper, ils tournent en boucle dans ma tête. Je finis par m'endormir.

Rêve. Les portes des arrivées s'ouvrent, telle une bourrasque, sur une nuée d'hommes et de femmes. Leur foule est si nombreuse qu'à leur passage, sous leur pas, les frontières cèdent et disparaissent. Sur terre, l'espace d'un instant, leur masse forme, jusqu'à l'horizon, une seule et même contrée.

« Vous avez bien des amis, non ? Vous ne comptiez pas rester toute votre vie ici quand même ?

– Vlad, c'est toi qui as parlé ?

– DEBOUT LÀ-DEDANS !

– Vlad, j'ai peur, je t'en prie, réponds-moi, j'entends des voix…

– Votre père et votre mère sont morts, vous ne vous en souvenez pas ?

– Morts !!! VLAD, RÉVEILLE-TOI !!!

– Non, mais t'es pas dingue de gueuler comme ça !

– Ma mémoire, Vlad, les souvenirs, je… je ne veux pas, j'ai peur.

– Si tu veux pas te souvenir, lis ! Et maintenant fous-moi la paix ! »

Chapitre 14

LIRE, IL A RAISON. Combien de fois la simple description d'un paysage m'a apaisée ? Seulement, depuis que ces mots ont ressurgi, mon cerveau est en ébullition. Mes parents sont-ils morts pour de vrai ? Et cet homme à mes côtés, ces deux petites filles, cet accident de voiture ? Est-ce parce qu'ils sont tous morts, eux aussi, qu'aucun n'a cherché à prendre de mes nouvelles ? Cette grande maison, pourquoi ne m'y a-t-on pas renvoyée ? N'était-ce pas là que je vivais ?

Je repense à ce que Josias m'a raconté de sa vie quand il était dans la rue. Pas un jour sans être passé à tabac soit par les flics, soit par des voyous, par d'autres SDF. Sans parler du froid et de la faim qui lui tenaillaient le ventre. Comme tous, en débarquant ici, il a pensé la même chose : le paradis ! Chauffage gratuit vingt-quatre heures sur vingt-quatre, chiottes en libre accès, sièges tout confort, sans compter les gars d'Emmaüs qui, chaque matin, dès neuf heures, servent un café chaud à ceux qui veulent bien se déplacer jusqu'à leur Algeco.

Là-bas, on peut « parler » en mangeant des biscuits. On peut apprendre à lire, à faire la cuisine, et remplir la paperasse administrative qui donne parfois droit à des allocs, et même à du boulot.

Dans les corbeilles, près de la machine à café, les capotes sont gratuites. Les plus jeunes sont les premiers à se servir. La plupart se prostituent. Parfois, une cargaison de vieux vêtements ADP arrive : il y en a pour tous les goûts, toutes les tailles. Quand un conflit gronde, on peut en discuter et, le plus souvent, ça se termine bien. Ici, personne n'a envie de se faire expulser. Le personnel de l'aéroport est tellement gentil, voire solidaire. Combien de fois Josias et sa mère ont-ils reçu d'une femme de service un peu de nourriture ? Si les voyageurs s'étonnent parfois de rencontrer « une figure », ils passent leur chemin sans faire de commentaires. Pas question de râter leur avion pour une histoire de SDF. Ça n'est que lorsque l'un d'eux se met à piquer une crise ou à taper comme un dément sur les baies vitrées de l'aéroport en hurlant à tous de se barrer, comme cela était arrivé à Robocop, qu'on entend alors s'élever quelques murmures de mécontentement, mais si peu comparé à ce qui se passe dehors.

« À Paris, des petits jeunes ont cassé le bras de Liam pour deux malheureux euros, et Jene, le Portos qu'ils ont fini par expulser, des mecs lui avaient carrément taillardé la peau du ventre au cutter ! Jamais des trucs pareils n'arriveraient ici. »

Je hoche la tête. L'aéroport nous protège. Il est notre cocon et, pour moi, ma seule mémoire. Vlad, dans un râle, me réclame un peu d'eau. Je lui tends un verre, tamponne son front brûlant à l'aide d'une serviette mouillée. Là-haut, au loin, un avion frappe le sol. Combien sont-ils à l'intérieur ? Cent ? Deux cents ? Que sont-ils allés faire « là-bas » ? Ont-ils divorcé ? Passé des examens ? Revu des amis d'enfance ? Vlad ne cesse de gémir, je tourne en rond comme un lion en cage. Toutes ces choses que je pourrais entendre de leur bouche. Parfois, il suffit d'une minute, j'attrape au vol un nom de ville, un nom de rue, j'y marche, je m'épaissis. Mais ici, dans le silence ? Je lève la tête, hésite un instant à les rejoindre. Non, le type m'a reconnue, je dois laisser passer du temps. Je m'assieds sur le matelas, finis par ouvrir ma valise. Parmi mes affaires, mon regard s'arrête sur le carnet de Liam. La dernière fois, il m'avait fallu plusieurs heures pour déchiffrer son écriture tant elle était minuscule. En même temps, je n'ai rien d'autre à faire et il y a ce cordon de badge à gagner. À moins que Josias ne m'ait embobinée. Ça lui arrive parfois de mentir. De gueuler. De se battre aussi. Mains nues et jusqu'au sang. Comme tous les autres ici.

Carnet de Liam 2
(corrigé)

S'ils croient qu'Il n'a pas tout vu, ils se trompent. La fille a crié et tous les autres qui ne portaient pas sur eux de lettres c'est pour ça qu'ils ont été emmenés de FORCE pour être soi-disant ramenés dans leur pays mais Lui sait qu'ils mentent, le dalaï-lama est intervenu, seulement lui non plus ne portait pas de lettres, il s'est enfui de justesse !

Tous ont compris que c'était la fin. Il a vu tout cela, la fille qui a gratté le sol de ses ongles jusqu'au sang, les larmes de HUGO BOSS mais il ne pouvait pas intervenir ou alors il aurait été pris lui aussi et jeté dans les avions qui soi-disant ramènent les gens dans leur pays alors qu'on les envoie vers LES DIX DESTINATIONS À 1 000 EUROS !

Même que des femmes pour sauver leurs enfants ont préféré congeler leur bébé plutôt que de Leur faire vivre ça ! Mais ça n'a pas servi parce qu'ils ont quand même trouvé les bébés et maintenant elles sont jugées, en conséquence de quoi la peur partout grandit !

Partout ils font savoir qu'ils envoient « là-bas » des tonnes de nourriture car soi-disant les gens « là-bas » ont besoin de vitamines et de tout un tas de nourriture en poudre mais s'ils disent cela c'est pour que chacun se sente obligé à contribuer et d'ailleurs tous contribuent ! Il sait, Lui, que c'est encore une de leurs manipulations et que cet argent ne leur sert qu'à envoyer toujours plus de monde vers LES DIX DESTINATIONS, or il faut arrêter ça ! Mais pour y parvenir, il faut stopper net les voyages et les informations afin de rassembler au plus vite toutes les lettres en un seul lieu. Tous, sinon, et jusqu'au dernier des derniers d'entre eux, finiront par être envoyés vers LES DIX DESTINATIONS, ce qui produira LA FIN DE L'HOMME. Il sait de quoi Il parle, ils l'ont écrit d'ailleurs (ils ne cherchent même plus à s'en cacher !) : deux d'entre eux ont empoisonné leurs parents pour s'offrir avec l'argent de l'héritage UN BEAU VOYAGE ! L'heure est donc grave car bientôt les mêmes feront tout ce qui est en leur pouvoir pour que TOUS VOYAGENT TOUJOURS PLUS si bien que TOUS, à cause DES OFFRES TOURISTIQUES, accepteront d'être ACHEMINÉS là où il ne faut pas et ce, sans même plus recevoir de coups ! Et si cela se passe alors LE GRAND SECRET que Lui seul connaît ne servira plus à RIEN et l'on assistera probablement à quelque chose de si épouvantable qu'il ne sera même plus question du dérèglement du climat ou de la disparition des espèces…

Voilà pourquoi Il a décidé d'agir auprès des lettres afin qu'elles se rassemblent au plus vite ! Et il ne s'inquiète pas que TOUTES prennent l'air étonné et fassent comme si elles ne le comprenaient pas ! C'est une ruse de leur part pour tromper la Censure et éviter qu'elle ne leur tombe dessus ! NAF NAF d'ailleurs murmure déjà quelque chose à l'oreille de MY DIAMS qui elle-même avise NIKE…

Bientôt, grâce à LUI, TOUTES se donneront la DATE DU GRAND RASSEMBLEMENT et ce sera LA FIN DU RÈGNE DE LA CENSURE, ce qui, dans ce très grand chaos et malgré les souffrances des bébés congelés, de la fille emmenée de FORCE, des larmes de HUGO BOSS, et de la mine attristée du dalaï-lama, le met en joie.

Chapitre 15

LES JOURS SE SUCCÈDENT, moroses. Je lis sans lire, dors le plus possible, me colle contre Vlad dès qu'il se réveille. Un soir, pris d'une très forte fièvre, il me saisit la main, parle dans un semi-délire de « sa guerre » puis de sa femme et ses enfants tous trois assassinés. Quand, à son réveil, je tente de le questionner, il élude. Jamais il n'a eu de femme et encore moins d'enfants. J'insiste un peu, mais il se met à tousser si violemment que je m'arrête.

« Vlad, laisse-moi au moins aller chercher des médicaments.

– Et le type qui t'a reconnue ? Qu'est-ce que tu crois s'il te tombe dessus ? Et puis quels médicaments ? J'ai juste attrapé un sale rhume qui prend du temps à guérir. »

Chaque heure qui passe est une torture. Je reste allongée, immobile, sans plus trouver le courage de me lever. Tout est si triste ici : la crasse, l'humidité des murs. Là-haut, dans les terminaux de l'aéroport, la menace d'être à tout moment démasquée m'obligeait à me tenir sur mes gardes. J'étais un animal traqué, mais ici ? Je me recroqueville en boule sous la couverture. Dormir, il ne me reste plus que ça. Dormir, glisser, tendre la main au vide.

« Et si on faisait un cache-cache ? » s'écrie un petit garçon.

La petite implore des yeux sa grande sœur qui cède dans un soupir.

« Je compte jusqu'à trente ! » s'exclame le petit garçon.

Des cris et des rires fusent de partout. Tous les enfants se mettent à courir.

« Un... Deux... »

Les deux fillettes dévalent une pente d'herbe.

« Là, un buisson ! murmure la grande, vas-y, cache-toi, je vais chercher un autre endroit pour moi, il n'y a pas assez de place ici pour deux. »

Mais la petite secoue la tête. Elle ne veut pas quitter sa sœur. Contrariée, la grande parcourt des yeux l'étendue du jardin.

« Vingt ! » hurle le chat derrière leur dos.

« Ça y est, je sais, là-bas, contre le mur de pierres, le tronc du vieux pommier ! »

Au pas de course, elle entraîne sa petite sœur. Mais, là non plus, il n'y a pas assez de place pour elles. Dans les broussailles, elle remarque alors un passage entre les pierres. La belle aubaine ! Tête baissée, elle se faufile la première, veillant à ce que sa petite sœur ne se blesse pas dans les ronces. Hourra, elles ont franchi le mur ! Jamais personne ne les trouvera de ce côté, c'est sûr. Elle lève la tête pour regarder le ciel. Le soleil est encore haut. La chaleur est écrasante. Elle crache dans ses paumes, essuie du revers de la main les égratignures à ses genoux sans prêter attention à sa petite sœur qui lui lâche la main.

« Viens ! finit-elle par entendre. Viens, j'ai trouvé quelque chose ! »

Elle se retourne alors, se fige...

Je me réveille en nage. Ce que la petite a trouvé est quelque chose d'affreux. Mais quoi exactement ? Tout s'embrouille dans ma tête. La grande, comment se fait-il qu'elle n'ait pas le même visage que la fois précédente ? Elle portait la même robe et la même coiffure pourtant ! Seraient-elles trois sœurs en tout ? Mais alors, pourquoi je ne les ai jamais vues ensemble et quel rapport y a-t-il entre cette partie de cache-cache et cet accident ? Toux de Vlad à mes côtés. Je tourne et je retourne mille questions dans ma tête sans parvenir à trouver de réponse.

N'y tenant plus, je décide d'aller remplir quelques bouteilles à la surface.

Bouffée d'air glacial. Neige.

Éblouie, je contemple le monde devenu entièrement blanc. Tout est soudain si parfaitement beau et calme. Ne plus bouger, mourir ici. Les flocons se posent avec une telle délicatesse sur mon corps. Bientôt, j'en suis recouverte, et c'est comme d'entrer de plain-pied dans l'absence.

*

Elle est assise, de dos, les genoux repliés hors de tout contact avec le monde. Quel âge a-t-elle et comment a-t-elle pu pénétrer dans cet espace entièrement vitré ? Si des gens l'interpellent, elle ne les entend pas, et si certains tentent de s'approcher, ils butent contre la paroi transparente qui la sépare du monde. Elle est assise, les yeux dans le vague ; assise dans un silence où elle se tient immobile depuis la nuit des temps. On aimerait bien connaître la couleur de ses yeux, savoir si elle a froid. Parfois, quelqu'un cogne contre la vitre, mais c'est comme si elle avait décidé de se fermer à tous les bruits du monde. Elle est assise, le menton en appui sur ses genoux, qu'elle a repliés comme pour se tenir chaud. Personne ne peut dire quand ni comment elle est arrivée là. Dans ce lieu où elle se tient, les saisons n'existent pas, seul le vent frémit. Pourtant c'est comme si elle ne le ressentait pas. Au fond, on pourrait se dire qu'elle n'existe pas. Son cœur bat cependant, certaines nuits, on l'entend.

Est-ce elle qui a décidé de s'installer ici ou s'est-elle fait prendre à un piège ? Cela aussi, on aimerait bien le savoir. Cela fait si mal de la voir comme ça, les bras serrés sur ses genoux, au bord des larmes. Parfois, elle se balance d'avant en arrière, mais sans jamais se retourner, comme si elle ne voulait plus voir ceux qui la regardent. Dort-elle ? Rêve-t-elle ? Personne ne peut le dire puisque personne ne s'est approché d'elle. De temps à autre, des gens tentent de briser la vitre à l'aide d'une batte ou d'un marteau. Inquiets, les autres forment un cercle autour d'eux, se demandant si c'est une bonne chose d'agir comme cela. Et puis rien, la vitre ne cède pas. Tête basse, chacun repart de son côté, sans même l'avoir vue tressaillir. Les lendemains de tels jours, une grande fatigue s'installe et chacun cherche à l'oublier : l'un en rangeant sa maison, l'autre en achetant du Nutella, un autre en roulant à 180 sur l'autoroute, un autre en éclatant en sanglots, un autre en s'insurgeant devant la connerie des programmes télévisés, un autre en attrapant un rhume, un dernier en jetant ses dernières pièces à un type dans le métro. Les jours passent, ils finissent par revenir.

Certains disent qu'elle est leur part blessée. D'autres vont encore plus loin. Elle est les cris des femmes vio-lées, ceux des enfants martyrs, des peuples haïs, dépecés. Sans elle, le hurlement des victimes à la télévision deviendrait si audible qu'il ferait éclater leurs tympans. Ceux-là, on les écoute stupéfaits.

Dans le fond, personne ne sait pourquoi elle est là ni pourquoi on aimerait tant, un jour, l'entendre prononcer ne serait-ce qu'un seul mot. Il y a une telle tristesse ici. Une seule parole et la vitre – certains l'affirment – se désagrégerait. Mais quelle est cette parole ? Et qui pour la lui souffler ?

Il neige à présent. Il neige sur sa peau et sur le monde. Elle penche un peu la tête en arrière, elle ouvre la bouche, elle gobe un flocon. Est-ce un miracle ? Elle ne s'est pas retournée pour autant. Elle est si bien sous ce manteau de neige, si bien à se laisser ensevelir, dans l'oubli de toute douleur.

Puis l'aube se lève avec sa foule et l'explosion de ses envols. Et c'est comme si, dans ses yeux, un voile se déchirait.

Chapitre 16

En revenant dans le terminal, je tombe sur une affichette, que je relis trois fois :

VIRUS EBOLA
ATTENTION !
SI VOUS AVEZ, DANS LES 7 JOURS
QUI SUIVENT VOTRE ARRIVÉE EN FRANCE,
DE LA FIÈVRE SUPÉRIEURE À 38° C (OU COURBATURES
OU GRANDE FATIGUE) + TOUX ET DIFFICULTÉS
RESPIRATOIRES, APPELEZ IMMÉDIATEMENT
LE 15 OU VOTRE MÉDECIN TRAITANT.

Comment n'ai-je pas fait le lien avec la maladie de Vlad ? Je le rejoins au pas de course, m'agenouille auprès de lui.

« Vlad, il faut que tu ailles voir un docteur. »

Il ne se réveille pas. Je le secoue.

« Vlad, si ça se trouve, un passager t'a refilé cette saloperie de virus ! »

Il entrouvre les yeux, marmonne quelques mots dans une langue que je ne comprends pas.

« Vlad, tu m'entends ? »

Il hoche lentement la tête.

« Dans ma poche, regarde… »

Son doigt reste comme suspendu. Je le secoue, en vain. Aller chercher de l'aide ? Mais qui ? Je n'ai jamais parlé de Vlad à Josias. Lucien ? Il ne travaille pas de nuit et puis que dirait-il ? Alors qui ? Je n'ai pas assez de forces pour le porter seule. Les types d'Emmaüs ? La police ?

« Où l'avez-vous trouvé ? De quel pays vient-il ? Avez-vous ses papiers ? Comment est-il arrivé ici ? Comment saviez-vous qu'il était là ? Depuis quand ? QUI ÊTES-VOUS ? »

Je tourne en rond sans trouver le sommeil, essuie son front, l'implorant de guérir, puis, me rappelant son geste, je fouille la poche de son pantalon, tombe sur la photo jaunie d'un homme entouré de sa femme et de ses deux enfants : une fillette et un garçon, d'environ onze et cinq ans. Il me faut quelques secondes pour comprendre qu'il s'agit de lui, Vlad. Lui, radieux, entouré de sa famille, assis, là-bas, contre le mur de sa maison, dans ce pays qui était le sien. Bouleversée, je m'arrête sur son visage, puis sur ceux, si paisibles, de sa femme et de ses deux enfants. Dans quel pays ont-ils été tués ? Quelle guerre ? Je me mets à fouiller dans ses affaires, déniche, au fond d'une valise, une vieille carte d'étudiant où, sur une photo noir et blanc, Vlad affiche, là encore, un sourire superbe. Le mot « Yougoslavia » m'apprend enfin son origine. Dans la poche d'un autre pantalon, je trouve un poème dactylographié sur une feuille A4 en marge duquel quelqu'un a écrit à la main *I wish I had understood.*

> *I wandered lonely as a cloud*
> *That floats on high o'er vales and hills*
> *When all at once I saw a crowd*
> *A host, of golden daffodils*

Beside the lake, beneath the trees
Fluttering and dancing in the breeze

Continuous as the stars that shine
And twinkle on the milky way
They stretched in never-ending line
Along the margin of a bay
Ten thousand saw I at a glance
Tossing their heads in sprightly dance.

The waves beside them danced; but they
Out-did the sparkling waves in glee:
A poet could not but be gay
In such a jocund company
I gazed – and gazed – but little thought
What wealth the show to me had brought:

For oft, when on my couch I lie
In vacant or in pensive mood
They flash upon that inward eye
Which is the bliss of solitude
And then my heart with pleasure fills
And dances with the daffodils.

William Wordsworth

Nuit d'enfer à surveiller la moindre de ses respirations. Je le supplie de combattre la maladie de toutes ses forces, de penser à ce jour, quand il sera guéri, où il me révélera le prénom des siens, la raison pour laquelle il a gardé ce poème. Mais il ne m'entend pas, lutte pour remplir ses poumons d'un peu d'air, tousse comme un autre cracherait.

« Vlad, ça n'est plus possible, je vais chercher de l'aide. »

Il ne me répond pas, ne bouge pas.

« Vlad ? »

Il émet un vague râle, tousse encore, épuisé.

« Je reviens, Vlad, tu entends ? Je reviens tout de suite. »

Chapitre 17

LÀ-HAUT, le jour ne s'est pas encore levé. Derrière la porte métallique, la neige a recouvert le monde. Du côté des pistes, six déneigeuses Boschung en quinconce, suivies de deux déverglaçantes et de deux camions « fraises à neige », s'activent sans relâche sur le doublé sud, balançant, par pelletées gigantesques, des nuages de poudre blanche qui, dans la lumière des phares, s'élèvent, bourrasques d'étincelles. L'aéroport est encore désert. Je file, m'appliquant à ne pas marcher trop vite. À cette heure, les avions ne volent plus, quelle raison aurais-je d'être pressée ?

En traversant les terminaux, le plaisir de retrouver les lieux est si fort qu'il chasse un court instant ma peur de voir Vlad mourir. Tout est resté en place : panneaux, comptoirs, banquettes, passagers endormis, sols, escalators, tapis roulants. Tout, comme si l'aéroport m'avait attendue.

AVEC LA CARTE FLYING BLUE,
LAISSEZ-VOUS TRANSPORTER.

Bip de l'ascenseur. Trois caméras pointées sur moi. Retrouver les bons réflexes. Lire les infos. Jouer à la passagère qui, après quelques heures d'assoupissement, rejoint sa voiture garée au parking. Ouverture des portes. Descente.

Et maintenant ?

Surtout ne pas réfléchir. C'est pour Vlad que je suis là. Pour lui seul. Dans le hall-sas du parking, derrière leurs onze chariots, ils ronflent tous les trois. Je déplace un des chariots pour venir au chevet de Josias, rattrape de justesse une boîte de conserve.

« Josias ? Josias, tu m'entends ? Josias ? »

Tel un seul homme, tous les trois se redressent. Hagarde, Joséphine me dévisage.

« Non mais ça va pas de réveiller les gens comme ça ! »

Je décide de l'ignorer.

« Josias, j'ai besoin de ton aide. Il faut faire vite. »

Hallucinée, Joséphine se tourne vers son fils.

« Tu… la connais !? »

Josias me fixe, se demandant d'où je réapparais et si je ne suis pas devenue complètement folle. Joséphine le secoue par les épaules.

« Je t'ai posé une question ! »

Mais Josias n'a pas le temps de répondre. Liam, les yeux exorbités, se met à crier :

« Je vous l'avais dit qu'ils viendraient nous chercher ! »

Josias bondit alors sur moi, m'évitant de justesse le premier coup que son frère veut me porter.

« Putain, Liam, c'est la fille de l'Éducation nationale, celle qui corrige tes cahiers !!! »

Pour Joséphine, c'est la goutte d'eau.

« Non mais, qu'est-ce que c'est que cette histoire ? Qui est cette fille ? »

Tétanisés, Josias et Liam baissent la tête.

« Ah bah, on peut dire que j'en ai deux beaux salopards ! »

Tenir bon, penser à Vlad, à la toux de Vlad, retrouver au fond de moi cette voix froide, autoritaire, si étrangère et familière à la fois, et dont j'usais avec *ces gens-là*, parce que *je ne les aimais pas*, ils m'étaient même insupportables.

« Josias doit me suivre immédiatement. J'ai besoin de son aide.

– T'entends, ducon, la dame a besoin de toi !

– Mais, maman…

– Ta gueule ! »

J'avance d'un pas, soutiens le regard de Joséphine.

« Quelqu'un est sur le point de mourir. Josias doit m'aider. »

Joséphine semble réfléchir. C'est Liam, étrangement, qui, d'une voix soudain posée, tranche :

« Elle a raison, maman. L'avenir du monde en dépend. Dis oui. »

Dans l'ascenseur, Josias explose.

« Ce que t'as fait, c'est grave ! Grave, t'entends ! »

Je hausse les épaules, indifférente. À l'heure qu'il est, Vlad est peut-être déjà mort.

« Dépêche ! »

Il me suit, ahuri, dans les terminaux, se fige quand il me voit ouvrir la porte métallique qui dessert les galeries souterraines.

« On ne va pas là quand même ?

– On va là, si.

– Putain, tu connais du monde qui…

– Il s'appelle Vlad, ne me demande pas d'où il vient, ni ce qu'il fait ici et pourquoi je le connais. Il est très malade. Je ne peux pas le porter.

– Vlad ?!

– Vlad.

« – Depuis tout ce temps, t'as un mec, et tu me le dis pas !

– Josias, tu m'aides à le remonter, et après je t'explique, d'accord ?

– Je t'ai cherchée partout, moi !

– Je suis désolée.

– DÉSOLÉE ?!

– Josias, s'il te plaît.

– Et pourquoi je ferais ça ?

– …

– T'as couché avec lui ?

– …

– Putain, t'as couché. »

Je ne le regarde plus, descends les échelons un à un. Sous le faible éclairage des ampoules électriques, j'avance d'un pas de plus en plus rapide. Tant pis s'il ne veut pas me suivre, je dois rejoindre Vlad coûte que coûte. Au loin, j'entends Josias gueuler, furieux, effaré. Je n'y prête plus attention, m'enfonce, courant presque. Des bruits de pas derrière moi ! Je me retourne, le cœur battant. Les flics ou les vigiles haïssent les squatters de l'en bas. Quand ils sont obligés de « descendre », ils demandent à être accompagnés par les gars d'Emmaüs. La peur se mêle à un sentiment de honte. Ils n'ont pas fait ce métier pour pister des restes d'hommes dans les bas-fonds. Certains se vengent en foutant le feu au premier squat qu'ils dénichent, en lâchant leurs chiens sur les gens qui y dorment. Il ne faudrait pas que je tombe sur l'un d'eux, ou alors, comme ils ont l'habitude de le dire en pareille occasion : « Ça va être ta fête. »

Mais non, c'est Josias, hors de lui. Je m'en fous. Je suis tellement heureuse qu'il m'ait suivie. En découvrant Vlad, il décolère d'un coup : corps blafard recroquevillé dans les couvertures. À peine s'il respire, et son regard porte si loin qu'on pourrait croire qu'il a rendu l'âme. Je m'agenouille auprès de lui. Il me répond par un râle suivi d'un long tressaillement, puis d'un nouvel abandon. Josias réagit plus vite que moi.

« Glisse-le sur mes épaules, dépêche ! »

D'un coup, sa voix a changé. La mort, sous ses yeux, ça non. Et merde si ce mec pèse une tonne, il est soudain prêt à tout pour le sauver. Face à une telle force de vie, des larmes me montent aux yeux. Des larmes qui ne s'arrêtent plus de couler tandis que Josias court devant moi, Vlad sur les épaules.

« Tu me retrouves au T2F, chez Carlion. C'est là qu'ils vont l'emmener dès qu'ils vont m'intercepter.

— Josias, je…

— Ah non, pas de salamalecs s'te plaît ! T'as assez foutu la merde comme ça ! »

Chapitre 18

FACE À LA SORTIE 17, aucun siège devant la double porte du SMU. Dehors, c'est la sortie des taxis qui surgissent les uns après les autres. Certains ont attendu sous terre plus de trois heures dans ce qu'ils appellent entre eux leur « Guantanamo » avant de pouvoir enfin prendre un client. Et pas moyen de faire demi-tour, à peine le droit de pisser ! D'où les échauffourées de plus en plus fréquentes avec les VTC et les racoleurs.

Au loin, j'aperçois Georges, tee-shirt noir, chapelets autour du cou, qui s'approche en poussant son chariot. Il se plante devant les portes du SMU, braille que tous aillent se faire enculer, ce qui le fait bien rire. La porte s'ouvre, Carlion apparaît.

« Tu vas arrêter de gueuler, Georges ? C'est quoi ce tee-shirt ? Tu vas attraper froid, merde !

— Docteur, c'est pas de ma faute, on m'a tout volé !

— C'est ça, à chaque fois la même chose. T'es venu pour quoi au juste ? Pour bouffer des biscottes ?

— Des biscottes ? J'ai plus de dents ! C'est mes gélules qu'il m'faut !

— Et ta carte Vitale ?

— J'ai fait comme il faut, docteur, ça y est, elle est prolongée !

— C'est ça !

103

– Les autres, ils rapinent, on leur dit rien. Moi je fais bien les choses, et on m'engueule. Y'a pas de justice.

– Y'en a jamais eu. »

Il se met à danser.

« Georges, tes anxiolytiques, tu les veux comment, en gélules ?

– Ouais, et pas de dix milligrammes, hein, de cinq. T'as vu, j'ai encore la mémoire !

– Tu charries !

– Mais non ! Tu sais qu'y en a un qui est jaloux parce que je suis bien avec les responsables de chez Maxim's. Et alors ? Les gens, ils ont droit d'avoir de l'estime pour moi, non ? »

Carlion repart dans le Centre, Georges lui emboîte le pas en effectuant quelques tours sur lui-même. J'ai tellement envie de les suivre, de leur demander des nouvelles de Vlad. Carlion me dévisagerait, ahuri. S'il y en a bien un qui connaît tous les SDF de l'aéroport, c'est lui ; bien que, au choix du mot SDF, il tilterait. Des fantômes sociaux, à la rigueur, des migrateurs aliénés. Quarante-deux à Roissy, et tous connus de lui, parce qu'il faut bien passer par un médecin pour renouveler ses médicaments. La tête qu'il ferait d'apprendre que je fais partie de la bande ! Carlion n'aime pas que les choses lui échappent, encore moins qu'on se foute de sa gueule. Je me ravise donc, attendant le retour de Georges qui, tout sourire, sort sans me voir en continuant de danser. Aller l'interroger ? Non.

Je ne suis pas de leur monde.

Un jeune type entre en se tenant le bras. Au moment où la porte se referme, j'entends une voix demander où se trouve le café soluble, puis rien, le silence. Auraient-ils fait évacuer Vlad sur Aulnay ? C'est là-bas, à l'hôpital Robert-Ballanger, qu'on transfère les cas graves, les morts en premier, vingt-trois par an d'après Josias, qui tient le chiffre de Carlion : malaises, accidents, AVC, crises cardiaques. Non, si Vlad y était mort, Josias serait là pour me le dire.

Les yeux rivés au sol, un jeune Africain apparaît, encadré par deux flics en civil. Pour lui, c'est bientôt l'expulsion, au moment même où, fous de joie, une bande d'adolescents part en séjour linguistique vers l'Espagne. Il me supplie du regard. Je le sens prêt à tout. Mais je baisse les yeux, m'imaginant le sort qui me serait réservé si les mêmes flics me tombaient dessus. Leurs mains sur mon corps. Leur haine. Quand je relève la tête, il n'est plus là et je me demande où ils l'ont embarqué. « Là-bas », murmurerait Josias, et il changerait de sujet. Là-bas où, chaque année, plusieurs d'entre eux n'hésitent pas à se trancher les veines.

Les deux portes du SMU s'ouvrent à nouveau, et sur Vlad cette fois-ci, Vlad allongé sur un brancard, masque à oxygène sur le visage. Je me lève, tremblante. Va-t-il mourir ? Livide, je vois le brancard disparaître dans l'ambulance qui démarre en hurlant. Un vigile croise mon regard. Je n'ai pas de valise, même pas de sac à main. Je détourne les yeux, presse mes bras contre ma poitrine.

À quelques mètres de moi, un petit garçon accompagné d'une hôtesse lève ses grands yeux sur moi. L'hôtesse tient son nounours dans les mains. Il a la main en sang. Tous deux bientôt s'éloignent. Je me mets à grelotter. Il est temps de retourner à la planque si je ne veux pas me faire repérer.

Au −1, j'évite de justesse deux opérationnels. J'entrouvre la porte métallique, veille, en la refermant, à ce qu'elle ne fasse pas de bruit, descends un à un les échelons. J'avance à tâtons, l'odeur rance me prend à la gorge.

Une fois sur place, je réprime un sanglot à la vue du lit vide quand un bruit de pas me fige. Des gens sont en approche. J'ai à peine le temps d'enfiler mon manteau et de saisir mon sac qu'une voix retentit derrière moi :

« Eh toi, là-bas !!! »

Sans réfléchir, je me mets à courir en direction d'un no man's land où je ne me suis jamais aventurée. Derrière moi, ils sont au moins quatre. Certains gueulent dans une langue étrangère. Du russe ? Je détale à travers les boyaux, un coup à droite, un coup à gauche, sans savoir où je vais. Très vite, ils renoncent. Trop d'embranchements et de couloirs ici. Au loin, j'entends résonner leurs cris, les coups de pied qu'ils donnent contre la tuyauterie. Des flics auraient fait demi-tour depuis longtemps. Qui sont-ils ? Des mafieux envoyés par Josias furieux d'avoir découvert ma relation avec Vlad ? Des clandestins en manque ? Je me recroqueville pour ne pas avoir froid, inspire, expire le plus discrètement possible. Après un temps qui me semble interminable, je trouve enfin le courage de me lever. C'est l'odeur de brûlé qui me fait retrouver mon chemin. Je bifurque une dernière fois sur la gauche pour découvrir le saccage : livres de Vlad brûlés à l'essence. Matelas éventré. Transistor défoncé à coups de pied. Vêtements lacérés. Valise, la mienne, forcée et dont l'intégralité du contenu a été dérobé. Je traverse la planque sans me retourner, gravis un à un les échelons, ouvre la porte et, sans plus rien calculer, je cours.

DUPE : passager qui s'est enregistré deux fois.

Chapitre 19

DANS LES HAUT-PARLEURS, la voix chaude d'une jeune hôtesse prie M. et Mme Toural de se rendre au point info du T2C où Cédric, leur enfant, les attend. Partout, il y a foule. À cause du mauvais temps, les avions affichent des retards d'une à deux heures. Tout le monde piétine et râle. Épuisée, je m'assieds sur un banc, compte, découragée, le peu d'argent qu'il me reste. Un vigile me jauge. Je me lève, troublée, m'éloigne en direction du T2B quand une main m'agrippe par-derrière, m'obligeant à me retourner. Je fais face à Liam, les yeux exorbités, tremblant de part en part. À la vitesse de l'éclair, il fourre un objet dans mon sac.

« Pour toi… »

Sans me laisser le temps de réagir, il plonge à nouveau la main dans sa poche, en extirpe un carnet.

« Tu voudras bien le corriger celui-là aussi ? Tu voudras ? »

Il saisit mon bras, le serre très fort.

« Toi seule tiens le monde, toi seule ! »

J'acquiesce, tétanisée. Il relâche son étreinte, s'enfuit en courant. Un homme s'approche, sourire aux lèvres.

« Brigitte Garaudis ? »

Mon cœur fait un bond. L'homme me regarde droit dans les yeux.

« Vous ne faites pas partie du groupe Elsesia ? »

Je lâche un rire nerveux.

« Non, je suis désolée. »

Le type s'éloigne. Je ferme les yeux pour reprendre contenance. Un bref instant, j'ai cru avoir été reconnue. Dans les haut-parleurs, la même voix suave prie les passagers des vols AF 887, AF 54 et AF 827 de se rendre aux portes d'embarquement 32, 33 et 34. Mouvement de foule. Je me laisse bousculer quand je repère une petite valise rouge abandonnée. Un voyageur vient également de l'apercevoir.

« Elle est à vous ? »

Tout va alors très vite. Je la saisis en lui faisant signe que oui, m'éloigne au pas de course. Pourvu qu'aucune caméra ne m'ait repérée. Mais rien. Aucun cri derrière mon dos, aucune sommation. Sortir maintenant. Sortir au plus vite de l'aérogare. Entrer dans un hôtel. Dépenser les derniers euros qui me restent. Demander une chambre. Souffler.

Chapitre 20

DE DERRIÈRE SON COMPTOIR, elle me dévisage, taquine.

« Si vous voulez, en plus, une vue sur les pistes, c'est au Sheraton qu'il faut aller, mais là, il faut ajouter un zéro à l'addition.

– Ça ira très bien comme ça.

– Vous souhaitez rester combien de temps ?

– Pas plus de deux heures.

– Deux heures, attendez voir… Il me reste une chambre, c'est parfait. Vous connaissez nos tarifs *day use* ? 28 euros la première heure, 14 euros les suivantes.

– Je les connais, oui.

– Alors, je vais vous demander de régler à l'avance s'il vous plaît. En attendant, voici votre clef magnétique. Vous trouverez les ascenseurs juste derrière vous. »

HÔTEL IBIS
TOUJOURS PLUS DE SERVICE,
TOUJOURS PLUS DE CONFORT…

J'entre dans la chambre en veillant bien à ce que la porte se referme derrière moi. Pas de caméra ici, je peux enfin libérer mon angoisse. Vlad va-t-il s'en sortir ? Où est-ce que je vais bien pouvoir dormir ce soir ? Je n'ai nulle part où aller. Je m'affale sur le lit. Pourquoi fait-il si chaud dans cette pièce ? Est-ce moi qui ai perdu l'habitude ? Je tourne l'interrupteur sur zéro, m'allonge à nouveau. Mais, cette fois, c'est l'épaisseur du matelas qui me gêne. Depuis combien de temps n'ai-je pas dormi dans un vrai lit ? Et cette odeur de propre qui me donne la nausée. J'aimerais être sale tout à coup, sale comme Josias, Liam, Joséphine, puer, puer comme eux tous, arrêter une fois pour toutes cette comédie grotesque, non, je ne dois surtout pas penser comme ça, je suis une passagère sur le point de s'envoler, je passe les douanes, je rentre chez moi, je m'envole et la vie va comme ça, mais quelle vie, putain ? Je secoue la tête, essaie de chasser les idées noires, mais comment ne pas penser à Vlad, en train de crever peut-être, et à moi dans cette chambre, à cette façon que j'ai soudain de rire si bizarrement ? N'est-il pas temps de tout quitter, rejoindre la ville, dire au premier venu : « Je ne sais pas qui je suis, aidez-moi. » Plusieurs fois, j'ai été tentée de le faire, je suis même allée jusqu'à attendre le RER sur le quai, mais à chaque fois, au moment d'y monter, mon corps s'y refusait, comme s'il savait que j'allais à une mort certaine… Je m'assieds par terre, me blottis contre le mur. À la télévision, il y a des gens, face caméra, qui parlent de guerre et de massacres qu'ils ont vus. Parfois, c'est vrai, d'un air un peu absent, cependant ils sont là, bravant les caméras, racontant leurs malheurs. Où trouvent-ils ce courage et pourquoi ai-je si peur ? Est-ce parce que je suis réellement folle ? Ma peur est bien réelle pourtant, ma peur de ce blanc en moi qui, chaque nuit, m'avale. Y en a-t-il d'autres comme moi ? Est-ce le même vertige pour eux ? Je voudrais tant, parfois encore, rejoindre celle que je fus, mais, quand j'essaie d'imaginer cette femme, je me sens devenir de glace, comme si, là-bas, tout d'elle était impitoyable. Plutôt alors rester cette passagère de l'entre-deux-mondes, sans prénom ni âge, est-ce seulement encore possible ? Ce l'était hier et avant-hier, parce que hier et avant-hier, il y avait Vlad, il y avait Josias, mais aujourd'hui ?

Dans la salle de bains, je tourne à fond le robinet d'eau chaude. Sous le jet, mes mains frottent la peau au point de l'irriter, cette peur, cette crasse, ôter tout « ça », retirer tout « ça » ou sinon devenir comme eux. Vingt fois je me savonne, vingt fois je fais mousser le shampoing sur mes cheveux. Avec sa planque, Vlad me protégeait. Il me séparait d'eux. Mais aujourd'hui qu'il n'est plus là ? J'augmente la température au maximum. Me brûler la peau à en devenir propre plutôt que d'abandonner la partie, du moins pas encore : en ville, il y en a tant, des femmes comme moi, prêtes à raconter n'importe quelle foutaise pour être admises dans un centre d'accueil. Qui, là-bas, pour y croire, à ma mémoire perdue, qui pour me protéger ? Trois jours tout au plus à avoir accès à un lit, et puis au revoir madame, on vous jette à la rue, la rue qui vous viole, la rue qui vous broie, alors non, pas encore.

La vapeur est à présent si épaisse que je ne distingue plus le lavabo. Je m'en fiche. Seule la puissance du jet semble m'apaiser. Comme si la vie en moi la réclamait. La vie qui voudrait tant retrouver le repos, mais où ? Dans quel monde qui m'accepte, moi, ce corps vide où deux – trois ? – petites filles jouent à cache-cache et où une voiture valdingue dans les airs.

De retour dans la chambre, je découvre dans la valise volée une kyrielle de vêtements féminins à ma taille et, dans mon sac, un cordon de badge (c'était donc ça, le cadeau de Liam !). Je laisse échapper un rire nerveux. Tant de bonnes choses, c'est que je vais m'en sortir et que Vlad va guérir.

Alertée par le bruit des roulettes de ma valise, la fille relève la tête.

« Ça y est, vous repartez ?

– Je repars, oui. »

Cheveux lavés jetés au vent. Corps nettoyé, frotté, rincé. Jupe, sous-pull, manteau, écharpe. Neufs.

Traversée du parking des cars où une centaine de Japonais se prennent en photo. J'emprunte la rampe circulaire du T1 où je me laisse frôler par un superbe A340 de la compagnie Etihad. Un peu plus loin, un tout aussi beau A340 d'Air Tahiti s'engage sur les pistes. À croire que les deux avions se sont donné le mot pour se jauger. Je laisse l'émotion me gagner en contemplant les deux titans. Là-bas, l'A340 Air Tahiti s'immobilise. Le temps semble s'arrêter quand, soudain, dans un vacarme insensé, il s'élance, emportant tout d'ici.

Chapitre 21

DANS LA MOSQUÉE DE « L'ESPACE ŒCUMÉNIQUE », un homme immobile, face contre terre, prie. En face, côté chapelle, pas un chat. C'est une chance. Le silence est si beau ici quand il n'y a personne. Sur l'autel recouvert d'une nappe blanche : une bible, une bougie allumée, une croix. Je me lève, m'approche du livre d'intentions de prières laissé ouvert.

Je m'appelle Pierre, je vis en Guinée à Conakry, et je demande à Dieu la grâce de me trouver du travail pour me sortir du bourbier dans lequel je suis.

Seigneur tout-puissant, fasse que l'opération de mon mari réussisse.

Merci Seigneur Dieu pour ces superbes vacances.

Seigneur, je te remets ce voyage et ma fille qui va se marier.

Suspendu à un fil, le stylo pend. Je le regarde sans oser m'en servir. Croyais-je en Dieu avant ?

Sur l'autel, la petite flamme de la bougie vacille. Je ne voudrais surtout pas qu'elle s'éteigne. À la hâte, fébrile, j'écris sur le cahier :

Sauve Vlad.

Chapitre 22

LUCIEN EST LE SEUL qui me reste ici. En voyant ma mine défaite, il me bombarde de questions. Je lui raconte qu'au boulot tout le monde est sous tension, je suis au bord du *burn out*.

« La dernière fois, c'est pour ça que je suis partie comme une voleuse. »

Il hausse les épaules avec indulgence.

« Bois ton café, va, et rejoins-moi dès que tu as fini.

— Tu es sûr que je peux venir ?

— Sûr. »

J'hésite. Pourquoi est-il aussi gentil avec moi et qui sont ces « amis » qu'il souhaite me présenter ? Un jour que je lui ai demandé d'où lui venait cette générosité, il a éclaté de rire. Dans son village, tout le monde s'entraide depuis la nuit des temps. Il ne sait pas d'où cela vient, il espère que cela durera long-temps. Qu'est-ce que je risque après tout ? La nuit a été si dure. J'avale d'un trait mon café, atteins, d'un pas rapide, le T2B. En haut des marches qui conduisent au sous-sol, je m'étonne de voir des passagers faire brusquement demi-tour. N'est-ce pas justement au −1 que Lucien m'a demandé de le rejoindre ? Intriguée, je descends quelques marches pour soudain me figer face au spectacle qui s'offre à moi : marée humaine à genoux sur des tapis de prière que nul, à cet instant, ne peut franchir. Pas un centimètre n'est épargné. Derrière moi, un groupe de touristes découvre la scène aussi interloqué que moi. Combien sont-ils ? Deux cents ? Trois cents ? Une hôtesse conseille aux voyageurs de rebrousser chemin. Je me retrouve debout, seule, face à eux tous. Déconcertée, je cherche en vain Lucien du regard. Je finis par m'asseoir, fascinée par la vue de leurs corps, vague énorme qui, d'un seul mouvement, s'enroule sur elle-même pour tout à coup se dresser avant de se replier, tête courbée, jusqu'au sol. Est-ce encore l'aéroport ici ? Ce parterre d'hommes – sorti de quelle matrice ? – se déployant, depuis l'entrée du bureau des objets trouvés jusqu'aux comptoirs des sociétés de location de véhicules Hertz et Avis ? Vingt minutes durant, je me laisse bercer par le mouvement de leur prière, et tout s'apaise en moi. La vision du corps blafard de Vlad, celle du squat brûlé, de ma valise défoncée.

Quand Lucien me rejoint, c'est entouré de deux de ses « frères ». « Un bon mari, voilà ce qu'il te faut », me murmure-t-il. Face à mon air ahuri, il congédie ses deux amis et vient s'asseoir à mes côtés.

« Ces hommes, je les connais, ils sont sérieux et doux, tu as ma parole.

– Lucien, je suis désolée, je ne cherche absolument pas à me marier. »

D'un geste pensif, il balaie une poussière invisible.

« Quand j'étais enfant, il y avait une femme dans mon village qui ne sortait jamais de chez elle. Un jour, j'ai interrogé mon grand-père à son sujet. Il m'a répondu : quand on est mordu une fois par le serpent, on craint le ver de terre. »

Je le regarde, troublée.

« Qu'est-ce que cette histoire a à voir avec moi ?

– Je donnerais ma main à couper que tu as été mordue par un terrible serpent. »

Je détourne la tête.

« Tu te trompes, Lucien.

– Mon cousin m'a répondu la même chose le jour où je lui ai dit de fuir avec moi. Ils l'ont achevé à coups de crosse. »

Il ne me laisse pas le temps de réagir, se penche à mon oreille.

« Tu ne comptes pas passer toute ta vie ici, tout de même ? »

Il sait donc ! Je baisse les yeux, sous le choc. J'ai bien envie de tout lui raconter. Ma mémoire foutue. La maladie de Vlad. Ma peur si grande d'être arrêtée. Maltraitée. Sa voix interrompt le cours de ma pensée.

« Des rêves, il t'en reste bien, non ?

– Des… rêves ? »

Il se met à sourire.

« Je suis arrivé en France sans rien. Et regarde maintenant. Tout le monde me respecte ici. Si tu te concentres sur tes rêves, tout est possible. »

Tant de bonté. J'ai honte soudain. Un de ses frères l'interpelle. Il s'excuse, part discuter avec lui quelques instants. J'en profite pour filer. La seule pensée qu'on m'interroge, même lui, Lucien, m'effraie. Pour avouer quoi et m'enliser dans quels mensonges ? Je m'éloigne à grands pas, rejoins le tapis roulant qui fait la jonction entre le T2F et le T2ABC.

« Pour les enfants qui ont faim, s'il te plaît, madame ! »

Elles sont six, elles virevoltent autour de moi, stylos en main.

« Signe ! Là ! Avec ton adresse. »

Je m'échappe de leur ronde. Un couple derrière moi se fait alpaguer.

Beauté d'un foulard bleu clair Air France, limpidité des vitres, synchronisation des Batman (agents de pistes en langage aéroportuaire) sur les pistes. Derrière mon dos, les Roumaines dansent autour de leurs proies. Éclat de leurs dents et de leurs jupes.

« Vous ??? »

Je lève la tête, tombe nez à nez sur l'homme au foulard.

« Je vous cherchais partout. »

Ce sourire sur ses lèvres. Mon cœur se fige. Comme si c'était marrant d'expulser une pauvre fille ! Avant même qu'il ne lève la main, je le repousse violemment. Stupéfait, il lâche un cri, manquant de perdre l'équilibre. Mon cœur bat à tout rompre. Par où m'enfuir maintenant ? Derrière moi, la foule est si compacte. À gauche alors ? Mais, à gauche, les escaliers aboutissent au quai du VAL, autant dire une impasse. Sans plus réfléchir, je m'élance vers la gare TGV/RER, seulement, il court après moi. Paniquée, je lâche ma valise et fonce vers les escalators. Cris des voyageurs que je bouscule, vite ! je dois faire vite ! mais sa main me rattrape. C'est fini, il n'y a plus lieu de lutter. Très lentement, je me tourne vers lui qui, pour la seconde fois, prononce cette phrase somme toute étrange pour un flic en civil :

« Je vous cherchais partout. »

D'un bref coup d'œil, je le supplie d'attendre, de me laisser reprendre mon souffle avant de me passer les menottes, et il semble comprendre, car il ne bouge pas. Je le remercie du regard. D'autres, par ces temps de menaces terroristes, n'auraient pas hésité à me plaquer au sol et à hurler. Puante et sale, j'aurais sans doute eu plus de chance. Mais propre comme je le suis, en cette fin de matinée, alors ça non : on ne se fout pas à ce point des normes d'identification. Et dès lors ? Quelle place dans ce monde pour une fille comme moi ? Car, une identité, il en faut bien une, non ? Bien sûr, j'aurais dû écouter Vlad, mais l'écouter, c'était finir comme lui. Sous terre.

« Ça ne va pas ? »

Je voudrais à présent qu'il m'embarque : stopper net la peur qui, face à lui, me submerge.

« Je suis vraiment désolé. Je n'aurais pas dû vous poursuivre, c'est le choc de vous revoir… précisément aujourd'hui. »

Je lève à nouveau les yeux sur lui, perplexe cette fois. Jamais un flic ne s'excuserait de la sorte.

« Le propriétaire de la valise rouge laissée en gare TGV est prié de venir la chercher le plus rapidement possible. *The owner of the red suitcase forgotten in the TGV station is requested to take it back as soon as possible.* »

« Allons-y ou ils vont la faire exploser. »

Il me saisit la main.

« Vous venez ? »

À la vue des deux militaires et de l'agent de sécurité à genoux devant « ma » valise, je panique. Fuir à nouveau ? Mais comment, alors qu'il me pousse vers eux ? L'agent me dévisage, l'air contrarié.

« Elle est à vous, c'est ça ? »

Surtout ne pas avouer.

« Même pas d'étiquette ! »

Je ne réponds toujours rien. Il lâche un grand soupir.

« Bon, ça va pour cette fois, allez, les gars, on dégage ! »

Je les regarde sans comprendre. Ils ne m'arrêtent donc pas ? Pourquoi m'a-t-il amenée ici, alors ?

« Catherine avait une valise rouge, elle aussi. »

Je le dévisage, de plus en plus perdue.

« Catherine… ?

— Catherine, ma femme.

— …

— Elle y était, vous comprenez ?

— … ?

— Dans le Rio, elle attendait un bébé. C'est ce qu'elle m'a dit au téléphone juste avant de décoller. »

Il réprime un sanglot.

« Vous aussi, vous aviez quelqu'un dessus, n'est-ce pas ? J'ai bien vu que vous attendiez quelqu'un, j'ai bien vu, n'est-ce pas ? »

Il me supplie du regard, et tout s'éclaire. Le crash du Rio, la perte de sa femme… Il baisse la tête.

« Je suis à bout. Pardonnez-moi. »

Il lâche ma main.

« J'avais quelqu'un, oui. »

Qu'est-ce qui m'a pris de dire une chose pareille ? L'écho de ma réponse me revient avec une telle violence. Comme si ce « quelqu'un » tout juste inventé avait véritablement existé, comme si, oui, je l'avais perdu aussi brutalement que lui…

« Là, respirez doucement… Appuyez-vous contre moi. »

Cliquetis des lettres du « Charles de Gaulle ». Deux vols annoncés en provenance de Bamako et de Tel-Aviv. Au cœur de ma nuit, à travers les rues de ces deux villes, je marche. Bientôt, les façades de leurs buildings me donneront le vertige, et ce sera l'instant où j'entendrai la mer. Parce que le bruit des vagues retitt là-bas. Je ne sais plus de quelle mer ou de quel océan. Qu'importe. Le bruit de la poussière aussi. Et celui, magnifique, des sables soulevés par les vents.

« Il faudrait que vous mangiez quelque chose. »

Je laisse sa phrase tanguer. C'est vrai, il a raison : la nourriture fait du bien aux larmes.

« Le restaurant du Sheraton, ça vous convient ? Il est à deux pas, nous serons au calme. Je vous invite. »

Je souris malgré moi. Le jour de mon arrivée, je m'étais retrouvée face à ce paquebot dont les vitres réverbéraient le ballet des hommes sur les pistes. Jamais je n'avais osé y entrer. M'asseoir là-bas, sans rien prendre à la carte, aurait tôt fait de me rendre suspecte. Voici que cet homme m'en ouvre les portes.

Chemin faisant, le doute me gagne : mentir exige une telle énergie, ne ferais-je pas mieux de fuir ? Que vais-je bien pouvoir lui raconter ? Jamais personne ne m'a invitée à déjeuner avant lui.

« Vous désirez ? »

Sa tête a surgi par-dessous le comptoir. Elle est jeune, cheveux tirés en arrière, blanche, très élégante. Il s'avance vers elle.

« Nous souhaiterions déjeuner. »

Sa voix. Une voix posée qui me rassure.

« Si vous voulez bien suivre notre hôtesse, elle se fera un plaisir de vous conduire au restaurant. »

Nous traversons un hall qui pourrait être celui d'un vaisseau spatial. Devant un bar, des hommes d'affaires, très concentrés, discutent à voix basse. Au bout, la salle de restaurant baigne dans une lumière tamisée orange. L'hôtesse nous laisse à une serveuse qui nous indique une table tranquille.

« Désirez-vous prendre un apéritif ? »

Il secoue la tête, pensif.

« Pour moi, ce sera juste un café, s'il vous plaît.

– Et pour vous, madame ? »

Cette politesse à mon égard, je ne suis pas habituée.

« … Heu… un gin, s'il vous plaît. »

Une lueur d'étonnement chez lui.

« Oubliez le café, mademoiselle. Un gin pour moi aussi, c'est une excellente idée. »

Je le vois sourire pour la première fois.

Chapitre 23

DANS LE FAUTEUIL EN VELOURS, mon corps enfin se repose. Le tissu est moelleux. Je m'y enfonce.

« Prenez ce qui vous fait plaisir, je tiens absolument à me faire pardonner de la peur que je vous ai faite, à vous remercier également… Vous remercier d'être là. »

J'acquiesce d'un simple hochement de la tête, veillant à me tenir bien droite. J'ai si peur qu'il lise sur mon visage la stupeur que j'ai de me retrouver au milieu d'un tel luxe. Surtout, ne pas jeter des regards à gauche et à droite et bien prendre le temps de lire la carte. Respirer calmement. Faire comme si je trouvais la situation parfaitement « normale ».

« Vous avez fait votre choix ?

– Le menu bœuf, peut-être… mais vous, qu'est-ce que vous prenez ?

– Moi, juste l'aspic d'écrevisse, mais, surtout, sentez-vous à l'aise. »

Je me mets à rougir, bafouille que, contrairement à la plupart des gens, les émotions m'ouvrent l'appétit. Très brièvement, son visage s'éclaire d'un deuxième sourire. Je souffle. Moins une et il flairait le mensonge. Meurtrie. Je suis, à ses yeux, une femme meurtrie qui n'arrive pas à remonter la pente. La serveuse réapparaît.

« Et voici vos deux gins. »

L'air absent, il fixe son verre comme s'il lui rappelait un vieux souvenir, puis il le lève. Je vais pour l'imiter quand, soudain, il se met à me parler sans s'arrêter, comme si, après des mois de silence, l'occasion s'offrait enfin de pouvoir se livrer.

« Catherine est une excellente nageuse. Elle a même gagné des prix toute jeune. Nous nous sommes rencontrés dans une piscine. Nos deux têtes ont cogné. Elle, en dos crawlé, moi, en brasse coulée. J'ai tout de suite aimé ses yeux.

– Catherine, votre… femme ?

– Ma femme, oui.

– Mais vous m'aviez dit qu'elle était… Je veux dire, vous parlez d'elle comme si…

– Pardonnez-moi, j'oublie parfois d'utiliser le passé. »

Il secoue la tête, perdu.

« Au début, j'ai accepté ce qu'ils m'ont annoncé. Vous vous souvenez, la petite salle dans laquelle ils nous ont réunis ? Puis j'ai eu besoin de sortir. À moins d'un mètre, une femme s'échinait à retirer sa valise du coffre de sa voiture. Moi, la mienne était morte, on venait de me l'apprendre et, avec elle, plus de deux cents autres personnes. Les voitures allaient et venaient, les gens déchargeaient leurs bagages, elle était morte, on venait de me l'annoncer, un type gueulait de ne pas se mettre en retard, d'autres, chargés de sacs énormes, s'embrassaient, se retrouvaient, là où moi-même je l'avais aidée à porter sa valise, c'était quelque chose de foudroyant. Je suis resté comme ça plusieurs minutes, jusqu'à ce que quelqu'un vienne me chercher ; il m'avait vu sortir. "Venez, vous ne pouvez pas rester comme ça." Lui-même était en larmes, il n'avait personne dans l'avion, mais il travaillait ici, et pour eux, un avion qui s'écrase, c'est comme une part d'eux-mêmes qui disparaît, ce sont ses mots, je ne les oublierai jamais. Dès lors, j'ai cru que je ferais mon deuil. Mais, un matin, je me suis levé, et je suis venu ici devant les portes des arrivées. C'était si bon de l'attendre à nouveau ! Vous seule pouvez me comprendre. Les portes s'ouvrent. Elle arrive. Je la vois venir vers moi. Elle me sourit avec son manteau bleu, celui que je lui ai offert en Italie. Il faisait froid, il pleuvait, nous n'avions pas prévu ce mauvais temps. Quand je lui ai montré le manteau dans la vitrine, elle a souri. Il était terriblement cher. Alors, je suis entré. Elle pensait que je bluffais. Elle riait. On se faisait tout le temps des blagues. Puis je suis réapparu avec le manteau. Juste le manteau. Sans aucun paquet. "Non, tu n'as pas fait ça !" Elle n'en revenait pas ! Il était bleu. Bleu clair comme ses yeux. »

Il se tait, détourne la tête pour éviter mon regard.

« Je ne parle que de moi, je vous demande pardon… »

Il faut maintenant que je dise quelque chose. Je ne peux pas le laisser comme ça. Je baisse les yeux, caresse de la paume le tissu blanc épais de la nappe…

« Je… J'habitais avec lui dans une grande maison.

– C'était votre mari ? »

Je me fige, fais un effort surhumain pour contenir ma panique.

« Le frigo était toujours plein. On mangeait des quantités de légumes.

– De… légumes ?

– Pardon, je… Il faut que je m'en aille. Je dis n'importe quoi. »

Il me retient par la main. Lui aussi, la douleur l'a broyé. Il comprend tout, même pour la valise. Une valise n'a rien à voir là-dedans. On n'attend pas avec une valise. Mais il comprend pourquoi je le fais.

« Un jour, d'ailleurs, les portes s'ouvriront, et nous disparaîtrons derrière elles. »

Je le regarde, déconcertée. Cette phrase ne veut strictement rien dire. Ai-je affaire à un fou ? Il enchaîne comme si de rien n'était.

« Parfois, je me dis qu'ils sont sur une île à nous attendre et... »

Il s'arrête au milieu de sa phrase, croise enfin mon regard.

« Je vous effraie. »

Je vais pour répondre quelque chose, il ne m'en laisse pas le temps.

« Partout où je vais, je la vois. C'est fou. Cela fait des années qu'elle n'est plus là ; je devrais avoir fait le deuil depuis longtemps. À vrai dire, je ne comprends pas moi-même ce qui me rend si... obsessionnel. J'ai consulté des psys... Imaginez un peu. Aujourd'hui encore, je ne parviens pas à jeter une seule de ses affaires. Dans mes placards, tout est là : ses crèmes, ses robes, ses bibelots. À force, mes proches ont perdu patience. J'ai fait le vide autour de moi... »

Il s'empare de sa veste, s'apprête à se lever.

« Je suis désolé, je ne vous importunerai plus. »

Je lui saisis la main.

« S'il vous plaît, ne partez pas. »

Cette supplication dans ma voix. Il me regarde, surpris. Mais comment lui dire que je n'ai pas un euro sur moi, et que, après la nuit que je viens de vivre, il faut impérativement que je mange si je ne veux pas faire un malaise qui me conduira direct à l'expulsion. Toute son histoire, en plus, me bouleverse, comme si elle éveillait en moi je ne sais quoi, quelque chose qui...

« Vous alliez dire quelque chose. »

Sa voix à nouveau si douce. Je ferme les yeux, laisse les mots venir d'eux-mêmes : il y a tant de choses qu'il ne sait pas. Pas sur les circonstances de l'accident, ni sur l'avion lui-même : sur cela, chacun a reçu assez d'informations, mais aucun mot ne remplace un corps. Un corps vivant de surcroît. Attention, je ne suis pas en train de lui dire qu'ils sont vivants. À vrai dire, je n'en sais rien. Morts. Vivants. Ils flottent quelque part dans un espace infini. Tant de choses qu'il ne sait pas. Cette rencontre entre lui et moi par exemple, alors que Vlad est sans doute en train de crever dans un couloir d'hôpital et que Josias, fou de jalousie, hurle après moi à travers le parking du deuxième sous-sol du T2A, mais comment parler de « ça » ? Il me regarde, perdu.

« Cette rencontre entre nous, c'est vrai... Je veux dire, aujourd'hui précisément, alors que j'avais décidé de...

– De quoi ?

– Non, rien... excusez-moi. »

Cette fragilité dans sa voix.

« Vous vouliez vous tuer ? »

Il me considère interdit. Comment ai-je osé deviner ? Mais il faudrait pour cela que je lui raconte Vlad, ce même désir d'en finir au fond des yeux.

« C'est ça ? »

Il baisse la tête.

« Oui. »

C'est à peine un murmure. Je pose une main sur la sienne.

« Je m'appelle Anna, et vous ? »

Cette façon que j'ai de le secouer. De le réveiller. Il me regarde de ses yeux tristes.

« Luc. »

La serveuse réapparaît.

« J'ai oublié de vous dire que nous avions aujourd'hui en dessert des crêpes maison : chocolat, abricot, miel citron, caramel. L'intégralité des bénéfices de la vente sera reversée au profit des familles des victimes aux Philippines.

– Il s'est passé quelque chose aux Philippines ? »

Elle me regarde, stupéfaite.

« Vous n'êtes pas au courant des terribles inondations ? »

Huit jours enfermée sous terre… Même lui semble étonné.

« Vous ne m'avez pas comprise… Je voulais dire… il s'est encore passé quelque chose là-bas ? »

Relâchement de la tension.

« Dieu merci, non. Ils ont eu assez de morts comme ça. »

J'approuve en silence. Moins une, le scandale éclatait. Ne jamais oublier de se conformer à la règle.

Contrôle du corps. Repli du corps.

Comportement sobre. Exposition sobre. Ne jamais laisser de traces : jeter les mégots dans les poubelles, jeter les déchets dans les poubelles. Aucun geste excessif. Se gratter, mais pas jusqu'au sang. Boire, mais pas au goulot. Courir, non. Hurler, non. S'en tenir aux codes. Aux limites. À la procédure. Et pour moi qui parle aux autres : *toujours connaître l'actualité.*

Je me tourne vers la serveuse.

« Ce sera alors une crêpe abricot à la place du tout chocolat.

– Parfait, madame. Et pour vous, monsieur ?

– Je n'ai vraiment pas faim, excusez-moi. »

Elle s'éloigne. Il me dit que c'est bien, ce qu'ils font pour ces pauvres gens, se demande ce qu'ils vont devenir. Dans le fond, il aurait aimé être sur place quand le glissement de terrain a entraîné la montée soudaine des eaux : il se serait laissé engloutir. Je l'arrête d'un geste.

« Quand on meurt pour de vrai, on hurle. »

Il me regarde à nouveau, interdit, se demandant s'il a bien entendu. Je décide de finir de déguster mon plat en silence.

ÊTRE OUVERT SUR LE MONDE :
C'EST COMPRENDRE LES DIFFÉRENCES.
HSBC
VOTRE BANQUE, PARTOUT DANS LE MONDE.

Le long du tapis roulant qui mène au T2E, il me propose de me raccompagner chez moi.

« J'ai garé ma voiture au T2B. »

Que lui répondre ? Ce sac n'est pas le mien. Cette valise n'est pas la mienne. Pas davantage je n'ai de nom (Anna, je viens de l'inventer), d'adresse. Je ne sais même pas où ni quelle année je suis née. Suite à un choc – une agression ? un accident ? –, j'ai tout perdu de mon passé à l'exception de quelques bribes où je vois des gamines courir, le visage d'un homme, un accident de voiture… Sont-elles mes filles ? Et lui, cet homme, mon mari ? Étaient-ils tous dans la voiture au moment de… Plus j'essaie de comprendre, plus mon angoisse grandit, comme si cette femme que j'avais été cachait le pire. Mais quoi ? C'est ici, dans cet aéroport, que, il y a huit mois, j'ai repris conscience. Ici où j'aime tout, jusqu'au bruit que fait le vent dans les portes, la propreté des poubelles, l'élan des voyageurs, leur façon de se tourner vers les fenêtres quand l'A380 décolle, Vlad, Josias, et même lui, Luc, en cet instant, si abîmé, qui me regarde.

« Vous habitez Paris ? »

Pourquoi insiste-t-il ?

« Non.

– En banlieue, alors ? »

Faut-il le lui crier ? Je n'ai pas d'appart, pas de boulot, pas de voiture, j'habite ici et personne, pas même
lui, ne m'emportera ailleurs.

« Je peux faire un détour si vous voulez. »

Ne pas céder à l'envie de le planter en courant. Je
baisse les yeux, inspire profondément.

« Je vais rentrer seule, je vous remercie. »

Il ne bouge pas. Qu'il s'en aille à présent, lui et ses
questions qui me renvoient à tout ce que j'ai perdu, qu'il
disparaisse ! Mais non, il tient absolument à me revoir.

« Demain, à dix heures, devant les arrivées. »

Il lève alors la main et je crois que c'est pour serrer
la mienne. À la place, il effectue ce simple geste ; celui,
avant de me quitter, de réajuster le col de mon pull. Un
geste qui me bouleverse sans que je sache pourquoi.

Chapitre 24

Devant le tapis roulant, je reste longtemps debout, immobile.

« On peut vous aider ? »

C'est un jeune couple, radieux.

« M'aider ? »

La fille sort un paquet de Kleenex.

« Pour vos larmes. »

Mes larmes ? Je porte la main à mon visage, les sens couler le long de mes joues. Ils me font face, sourire aux lèvres.

« Nous partons à l'île Maurice, c'est notre voyage de noces ! »

Ils rient, et leur rire entre en moi. Elle ouvre sa valise.

« Je vais vous donner un bout de mon voile de mariée, je l'ai apporté avec nous. Je ne peux pas vous laisser comme ça ! »

Sous une pile de vêtements, elle le trouve, en déchire un morceau, me le tend.

« Voilà, il ne vous arrivera plus rien dorénavant ! »

Ils ne sont pas ivres, juste emplis à ras bord de joie. Je n'ai pas le temps de les remercier, ils partent en courant.

Chapitre 25

TERMINAL 2B. Transie. Assise depuis combien de temps ? Derrière les vitres, face aux tapis tournants, grappe d'hommes et de femmes cherchant du regard leurs valises. Seuls ou par petits groupes, ils sortent, mains serrées sur la barre de leur chariot, se retenant à quoi ? Je voudrais me lever, aller vers eux. À la place, le regard perdu de Vlad, la double porte du SMU, le squat saccagé, me reviennent en boucle. Pour m'apaiser, j'essaie de me concentrer sur la musique des langues, le parfum des corps. Mais une seule apostrophe dans la foule et le désordre de nouveau m'ébranle.

« Ça vous dérange de tenir ma pancarte le temps que j'aille fumer dehors ? J'attends ma cliente depuis plus d'une heure. Je ne serai pas long. Vous voulez bien ? Merci. Vraiment. »

Mᵐᵉ LINHART / SOCIÉTÉ DBM

Et si j'inventais tout ? Si aucun d'eux n'existait ? Vlad ? Josias ? Lucien ? Liam ? S'ils n'étaient qu'une part de moi-même, une pure création de ma tête trouée, débris d'émotions vives, ensevelies, cachées ? Moi, cette femme assise à ce point de rencontre, dans ce terminal dont je connais les moindres détails, abîme où, dans le plus grand désordre, toutes les langues, tous

135

les temps et les espaces se mêlent, moi, cet aéroport, la mort sinon ? Dans certains livres, la vie se prolonge, identique à celle-ci, je l'ai lu quelque part. Ou alors rien de tout cela, une suite d'événements qui, depuis l'aube, s'abat sur moi sans logique.

« T'as une nouvelle valise maintenant ! »

Je lâche un cri en le découvrant.

« Josias ? »

Il tremble de part en part, pue l'alcool, me jauge de son air méchant.

« Elle a raison, la mère, t'es qu'une fouteuse de merde ! Tu l'as volée à qui, celle-là ? »

Je me lève, affolée.

« Josias, s'il te plaît… »

Il me barre le passage.

« Tu t'en fous de moi, hein, t'en as que pour ton Vlad ! »

Des voyageurs se retournent. Je dois faire vite avant que la sécurité n'intervienne.

« Je te jure que…

— Si je te dis qu'il est mort, ça te fait quoi ? »

Je le dévisage, effondrée.

« Il n'est pas mort, tu mens.

— Va voir Carlion si tu me crois pas ! »

Cette haine sur son visage. Une colère sourde monte en moi.

« Très bien, j'y vais.

— Il te dira rien.

— Je lui raconterai tout, il parlera. »

Il me barre le passage.

« Il te dira rien, je te dis ! »

Je le repousse violemment, tends ma pancarte à une passagère stupéfaite qui me voit m'éloigner à grands pas.

Quai du VAL. Arrivée du VAL.

J'entre dans la première rame. Josias, qui m'a suivie, m'emboîte le pas, murmurant derrière mon dos que, à cause de mon apparition l'autre nuit, Joséphine ne lui adresse même plus la parole.

« Combien de fois je t'ai dit de ne jamais te pointer. Dans sa tête, à la mère, on est à elle, Liam et moi, rien qu'à elle. Putain, je fais comment, moi, maintenant ? Tu m'écoutes ? »

Je me tourne vers lui, le fixe durement.

« *Tes* Russes, ils ont tout saccagé au squat. »

Le coup porte. Il baisse les yeux.

« Moins une, ils me tombaient dessus. T'es content de toi ? »

L'aveu de son silence. Il serre les poings, les yeux embués de larmes.

« C'est bon, t'as gagné. Il est pas mort. »

Il s'en veut d'avoir été jusque-là. Il m'aime, ajoute-t-il à voix basse… Est-ce que je peux comprendre cela, qu'il m'aime ? Je fais oui de la tête, lui demande si Vlad va s'en sortir. Il prend sur lui, lâche, murmure que oui. Il tremble. Il est ivre d'amour, ivre de jalousie.

« Les Russes, je voulais pas qu'ils te fassent de mal.

— Et l'argent ?

— Je leur devais.

— Il va faire comment, Vlad ?

— Il se démerdera.

— C'est dégueulasse.

— Parce que tu crois qu'il est tout blanc ? La tête qu'il a fait, Carlion, quand il l'a vu. »

« Vlad, c'est le prénom qu'il t'a donné ?

– Vlad, oui, docteur.

– Du côté des ascenseurs du T2C, c'est ça ?

– Oui.

– Quel étage ?

– Au –1, je vous l'ai déjà dit.

– C'est tout ?

– Quoi, c'est tout ?

– Pour le reste, tu sais, oui ou non ?

– Quoi, le reste, quel reste ?

– Ce qu'il a fait, il t'a raconté, oui ou merde ?

– J'en sais rien, moi !

– Tant mieux pour toi, Josias, parce que c'est pas du joli ! Allez, tire-toi, va falloir que je m'en occupe maintenant. »

« Tu mens encore ! Personne ne savait qu'il était là.

– C'est ça, traite-moi encore ! T'es bien comme elles toutes ! »

Les portes s'ouvrent. Il s'éloigne, titubant.

« Rien qu'une sale pute de mes deux ! »

Un groupe de Japonais m'adresse des sourires gênés, je leur tourne le dos, pars m'asseoir à l'avant. Tout cet amour qui tremble en moi et qui, chaque fois, échoue, comme si une part de moi cherchait inexorablement à tout saccager. Quelle sorte de femme ai-je été ? Ou plutôt quel monstre ? Je me recroqueville sur mon siège. Avec Vlad, cette histoire de virus aurait dû me sauter aux yeux. Je n'ai rien vu pourtant.

Chapitre 26

NEIGE DEHORS. Valse des Boschung sur les pistes. Impossible de trouver le sommeil. Vers quatre heures du matin, je m'allonge à côté d'une famille qui a posé des couvertures à même le sol. Pour moi, rien, mais je suis si fatiguée que je m'en fous. Une voix d'homme me réveille. Un grand Noir, balai en main, qui m'explique que c'est interdit de dormir comme ça. Dehors, le jour ne s'est pas encore levé, déjà, pourtant, les premiers passagers affluent. Tous me regardent, étonnés. Comment ai-je pu dormir là ? Le grand Noir soupire. Je file sans même essayer de m'expliquer.

Toilettes du 2F. Eau glacée sur mon visage. Mais le cauchemar persiste. Il ne veut pas se retirer. Je marche dans une ville déserte. Au loin, je vois s'ouvrir une faille qui se rapproche de moi à grande vitesse. Terrifiée, je me mets à courir, cherchant à éviter les blocs de pierres qui, sous son effrayante poussée, se détachent des immeubles. Où sont les autres et pourquoi est-ce que je n'entends aucun bruit ? Au sol, devant et derrière moi, des dizaines de brèches apparaissent, formant un immense puzzle. De plus en plus paniquée, je zigzague dans tous les sens. Combien de temps vais-je tenir et surtout où trouver un endroit sécurisé au milieu de ce chaos ? Puis, juste devant moi, cette femme et cette fillette de dos, immobiles. Ne voient-elles pas que la ville tout entière s'effondre ? Pourquoi ne courent-elles pas ? Je me mets à leur hurler de s'enfuir, mais rien, pas un mouvement, comme si elles ne m'entendaient pas. Je cours alors vers elles, et au moment de les atteindre, horreur ! La femme, son visage, le mien ! Je la regarde ahurie, hurlant qu'il faut partir. Mais, au lieu de m'écouter, elle m'empoigne et m'oblige à fixer la faille qui arrive droit sur nous. Je la supplie de me relâcher. Que lui ai-je fait pour mériter cela ? Et sa petite, a-t-elle pensé à sa petite ? Trop tard. La terre, sous nos pieds, se dérobe et, au moment de tomber, je pousse ce cri terrible qui, ce matin, m'a réveillée en sursaut.

Où étais-je ? Et pourquoi Vlad n'était-il pas à mes côtés ? Puis tout m'est revenu, et c'était comme d'être précipitée une seconde fois dans ce trou béant. Perdue, je fixe mon reflet dans le miroir. Sans Vlad, je me sens si vulnérable. Sa dureté m'obligeait à réagir. Un bruit de pas me fait me retourner. Elle a trente ans, des yeux noisette, rieurs.

« Alors, comme ça, vous partez à Madagascar ? »

Je la regarde, embarrassée.

« Euh… non, pourquoi ?

– À cause de l'étiquette sur votre valise. J'habite là-bas. Vous y êtes déjà allée ? »

Improviser encore et encore. Tenir la tête hors de l'eau.

« Pas moi, non, mais… une amie qui m'a prêté sa valise.

– Vous habitez Paris ?

– Paris, oui.

– Moi, je viens passer les fêtes avec ma sœur. Elle vit à Lille. Vous partez où ? »

Dans mon cerveau, les infos valsent.

« En… Lituanie. Mon frère est en poste là-bas.

– Brr… il doit faire encore plus froid qu'ici, là-bas !
J'espère que vous avez prévu de quoi.

– J'ai prévu, oui. »

Elle part. La tête me tourne. Ce flot de questions. Je
pose les mains sur le rebord du lavabo pour retrouver
mes esprits.

*« Viens ! Viens, j'ai trouvé quelque chose ! » hurle
la petite, perchée sur la margelle d'un puits.*

*Tout va alors très vite. Son petit rire léger face au
gouffre noir vers lequel elle se penche. Son corps qui
tout à coup bascule… disparaît ! Puis le silence dans le
jardin, suivi d'un clac ! Je reste quelques secondes les
yeux rivés au vide : Élodie ? Manquant à chaque pas de
trébucher, je finis par m'éloigner à reculons, jusqu'au
moment où, parmi les hautes herbes, je sens mes forces
me quitter. Plus loin, dans la maison, j'écrase des noix.
Une voix d'homme dans mon dos. Lasse.*

« Cela ne peut plus durer. »

*Je ne l'écoute pas, enfourne dans ma bouche une
poignée de noix que je broie, faisant voler en éclats
toutes mes dents.*

Quand je rouvre les yeux, je suis à terre. Éblouie par
la lumière des spots, je me relève lentement. Par chance,
personne n'est entré. Sonnée, je me penche au-dessus du
lavabo. Cette… fillette tombée dans le puits ? Dans le
miroir, mon corps s'incline et c'est comme s'il répétait
ce qu'il faisait là-bas, fixant, tétanisé, le fond du puits.
À nouveau, j'entends le clac terrible. J'ouvre à fond le
robinet d'eau froide. Ce bruit atroce que faisaient ces

noix dans ma bouche. Ai-je vraiment pu ? Non, c'est impossible. Mes dents, je les ai toutes.

Oh, comme je voudrais soudain m'affaisser parmi les hautes herbes.

Oublier tout.

Carnet de Liam 3
(corrigé)

Il leur a dit qu'Il ne discriminait personne et qu'Il n'était pas là pour semer la haine. Ils n'ont pas eu l'air de le comprendre, ils se sont mêmes fâchés, lui demandant clairement d'arrêter de dire n'importe quoi. Il s'est alors dit qu'ils jouaient à la perfection leur rôle, car ils leur donnaient vraiment l'impression d'être surpris. Cependant, alors qu'Il continuait de leur parler de la petite fille retrouvée morte dans le placard de ses parents au moment même où la plupart s'avouaient prêts à payer pour APPRENDRE L'ANGLAIS EN RIGOLANT, ce qui – soit dit en passant – est d'une gravité ÉPOUVANTABLE, ils l'ont soudain relâché, REFUSANT d'en entendre PLUS alors qu'ils auraient dû lui FAIRE SIGNE – autrement dit, comment les lettres pourront-elles se donner la DATE DU GRAND RASSEMBLEMENT ? Mais, au lieu de cela, au lieu de continuer à jouer leur rôle pour enfin LUI DONNER LE MOYEN DE LEUR RÉVÉLER LE GRAND SECRET, tous lui ont tourné le dos, or TOUS portaient des Lettres, ce qui indique combien l'heure est grave, combien, même, TOUT EST PEUT-ÊTRE DÉJÀ PERDU.

HIER D'AILLEURS, À LA TÉLÉVISION, IL A VU L'EXTRAORDINAIRE PERFORMANCE DES NOUVELLES VALISES capables de monter et de descendre les escaliers ! Comme s'ils allaient avoir besoin de monter et de descendre des ESCALIERS quand ils arriveront LÀ-BAS ! Mais TOUS CEUX QUI REGARDAIENT le téléviseur ont semblé approuver, certains allant même jusqu'à se dire qu'avec de telles valises ils se sentaient prêts à s'offrir le week-end détente dans un spa oriental, week-end dont AUCUN n'est revenu, Il est bien placé pour le savoir ! À CAUSE DE CEUX-LÀ, de l'exemple EFFROYABLE qu'ils donnent, de plus en plus d'hommes et de femmes et d'enfants PARTENT, entraînant à leur suite DES POPULATIONS ENTIÈRES qui, sous Ses yeux de FILS IMPUISSANT, sautent dans les avions qui, pensent-ils, les emmènent vers des séjours Bien-Être où chacun peut s'offrir DES DÎNERS TENDANCE alors qu'En vérité TOUS sont acheminés vers les DIX DESTINATIONS À 1 000 EUROS afin que plus un seul homme diplômé ne puisse jamais plus trouver du travail, que le poison des usines chimiques se répande jusque dans le lait des femmes, et que LE VA-ET-VIENT DU FLUX ET DU REFLUX LES ACHÈVE TOUS, et ce, malgré le nombre des LETTRES qui, autour de lui, ne cesse de s'accroître, mais QUI d'entre elles croire désormais et pourquoi la neige s'obstine-t-elle à tomber ? Qu'est-il advenu de HUGO BOSS ? LA FIN AURAIT-ELLE DÉJÀ EU LIEU ?

Chapitre 27

DEHORS, LE JOUR COMMENCE tout doucement à se lever. Sur un siège, je trouve un journal, le feuillette, épuisée. Je peine à garder les yeux ouverts sur les titres quand un cri interrompt ma lecture.

« VOLEUSE DE FILS ! OGRESSE ! »

Livide, je découvre Joséphine qui me désigne du doigt.

« CETTE FEMME VOUS MENT ! ELLE EST UNE IMPOSTURE ! JAMAIS ELLE NE VOYAGE ! »

Je la fixe, incapable de lui répondre. Elle s'approche, haineuse, et va pour me frapper quand trois vigiles fondent sur elle, tandis qu'un quatrième, accompagné d'un chien, s'assied à mes côtés en me priant de ne pas avoir peur. Là-bas, ils embarquent Joséphine qui se débat en leur crachant des insultes.

Anthony (badge), resté à mes côtés, me montre sa chienne.

« Elle s'appelle Ilka, vous pouvez la caresser si vous voulez. Là, là, sur le haut de sa tête, faut voir comme elle est douce.

– Merci, il faut que j'y aille maintenant.

– Reprenez votre souffle. Vous n'êtes pas à cinq minutes près, hein ? Elle ne reviendra pas, détendez-vous.

– Je crois que j'aimerais respirer un peu d'air frais, dehors.

– D'accord, mais je vous accompagne. »

Il a trente-deux ans, Ilka vit avec lui depuis dix ans. Elle a reçu un entraînement spécial pour reconnaître les molécules d'explosif. C'est rare qu'ils se promènent tous les deux dans les terminaux. D'habitude, ils sont au TBE, le tri bagages. Un lieu inaccessible pour les voyageurs.

« Vous verriez, c'est un hangar immense, y'a des tapis partout avec des valises qui se croisent dans tous les sens. Ça va, ça vient, tout est réglé comme sur du papier à musique. Même moi, après toutes ces années, ça continue à m'étonner. Tous ces tapis qui s'entrelacent jusqu'au plafond ! Une valise trop en avance ? Déposée direct sur une des plateformes d'attente. Une valise en retard ? À son passage, tous les tapis s'arrêtent. Quand je lâche Ilka sur ces montagnes de bagages, je l'encourage à fond. Ça l'aide, de m'entendre lui dire qu'elle est belle, que je suis fier d'elle. Elle n'y arriverait pas sinon. Y'en a trop. Vraiment trop. Quand elle s'immobilise et me regarde, c'est qu'elle a trouvé quelque chose. Je monte alors sur le tapis, et je vérifie.

– Vous avez déjà trouvé une bombe ?

– Non, mais un obus, il y a deux mois.

– Un obus ?!

– Un type qui l'avait trouvé dans son jardin et qui voulait le montrer à ses amis américains. Là, je peux vous dire que je lui ai filé une belle récompense, à ma chérie ! Hein, Ilka, tu te souviens ? »

Il caresse sa chienne, me confie qu'il est content de m'avoir fait rire.

« Ça va mieux maintenant ?

– Oui, merci.

– Avec tout ce qui se passe dans le monde, c'est bien de se parler un peu, hein ? »

Il se lève, s'éloigne.

Dehors, la neige s'est arrêtée de tomber.

LE PAVILLON DES CHEFS D'ÉTAT : on y trouve un salon présidentiel et une salle de conférence. En sous-sol, la réserve contient 1 500 drapeaux. Quant au tapis rouge qui relie le pavillon à la piste, il en existe deux modèles : en 40 ou 120 mètres.

Chapitre 28

9 H 45. MOI QUI, LA VEILLE, comptais ne plus le revoir, me voici devant les seize portes des arrivées, désirant de toutes mes forces le retrouver. Le cauchemar de cette nuit et l'agression, ce matin, de Joséphine… L'attendre pour ne pas imploser ou alors sortir, revenir sur mes pas, m'asseoir, me relever, pousser les portes, errer, prendre les ascenseurs, tourner en rond. Ma bouche est si sèche ce matin. J'ai atteint mes limites.

Débarquement des vols de Boston, Chicago, Santiago du Chili, Édimbourg…

DUTY FREE SHOP LIKE NOWHERE ELSE.

Dix heures. Arrivée du vol Rio-Paris : toujours aucune trace de lui. À deux pas de moi, des opérationnels parlent du vol, la nuit dernière, des deux vaches multicolores installées à l'entrée de l'aéroport.

Mathias (badge) lève les yeux en l'air.

« Dérober des trucs pareils, franchement ! »

Ils se mettent tous à rire. Je les fixe, épuisée.

« Ben alors, elle a l'air toute drôle, la demoiselle… »

Je m'apprête à leur répondre, quand un torrent d'images remonte en moi avec une violence extrême. L'un d'eux me fixe, inquiet.

« Vous voulez vous asseoir ? »

Serrer les poings, lui tourner le dos avant qu'il ne… me mettre à courir, bousculant, là, un passager qui m'insulte, là, un autre qui pousse un cri. Tout plutôt que de me laisser envahir par ce chaos, ou alors, je…

« Anna ! »

Luc, le visage en sueur, plonge ses yeux dans les miens en bredouillant un pardon. Ce manteau bleu aperçu dans la foule, il a cru le reconnaître, l'a poursuivi en vain, il voulait : il ne sait plus quoi vraiment. Il me serre contre lui :

« Anna, faites quelque chose, je deviens fou. »

Le poids de ses mains sur moi, leur épaisseur de tristesse. À leur contact, la déferlante des souvenirs se dissipe aussi brusquement qu'elle a surgi et je reste un moment sous le choc. Moi aussi, j'ai besoin de reprendre mon souffle. Une idée me traverse.

« Vous êtes venu en voiture ? »

Il me répond que oui, perdu.

« Vous êtes garé où ?

– Au parking du 2B.

– Venez, un peu d'air nous fera du bien. »

Il me conduit au troisième sous-sol, pointe sa clef sur sa Laguna grise, démarre sans dire un mot. À la sortie du parking, je lui demande de prendre à gauche. Nous traversons la zone de fret, atteignons un rond-point d'où part une petite route que je lui demande d'emprunter. Quelque cinq cents mètres plus loin, après le pont abandonné, je lui désigne, en contrebas, la N17. Vue d'ici, l'affluence de ses poids lourds et de ses voitures semble irréelle. Nous roulons encore un peu et, juste avant que la route ne se termine, je lui demande de se garer, à droite, contre la butte.

« Là, vous êtes sûre ? »

J'acquiesce d'un bref mouvement de la tête et, à peine sortie de la voiture, j'entame l'ascension sans lui laisser d'autre choix que me suivre. Crépitement de nos pas s'enfonçant dans la neige jusqu'à ce vrombissement qui lui fait lâcher un cri : ombre titanesque d'un Boeing 747 qui, l'espace d'un instant, rase nos têtes et nous plonge dans la pénombre. Au pas de course, j'atteins la grille qui délimite le bout de la piste, y plaque mon corps.

« Venez, Luc ! »

Mais, comme tétanisé, il n'avance plus. Dans un fracas proche de la nuit, l'avion s'apprête à toucher terre. Je me retourne, lui crie une seconde fois de me rejoindre. Il faut qu'il voie cela, qu'il entende cela, ce moment précis où les roues, dans un vacarme assourdissant, heurtent de plein fouet le sol et où la terre, sous les pieds, tremble, explosion du monde, furie du monde, la terre, nos corps, le chagrin de nos corps, percuté, scindé, freins, crissement des freins, gerbes de neige qui s'élèvent dans tous les sens. Ce que je l'aime, ce tumulte furieux, et lui, comme envoûté, s'avançant enfin, s'accrochant à la grille, pour se mettre à crier son nom : CATHERINE ! tandis qu'en bout de piste, dans un rugissement qui n'en finit pas, le Boeing disparaît dans un tourbillon de glace.

Sans plus nous regarder, nous retenons notre respiration. Dans moins d'une minute, un deuxième va apparaître, puis un troisième, un quatrième, et à chaque fois, la même sensation de succomber sous eux, de ressusciter sous eux. Dieux redoutables qui, l'un après l'autre, nous broient, nous pulvérisent, nous sauvent, depuis combien de temps déjà ? J'observe mes doigts gelés sur la grille, c'est si bon d'avoir froid, de grelotter de la tête aux pieds, vie enfin revenue, sensation d'être là. Je jette un œil sur Luc qui me regarde à son tour. Avec une telle insistance toutefois. Est-ce parce qu'il m'en veut ? Mais peut-être a-t-il froid lui aussi et veut-il simplement retourner à la voiture. Sans plus me lâcher des yeux, il s'avance vers moi et me serre brusquement contre lui en me murmurant un merci. Je voudrais ne plus jamais bouger. Cela fait si longtemps que je n'ai pas été enlacée de la sorte. À l'intérieur pourtant, quelque chose se contracte. Quelque chose qui ne supporte pas l'éclosion de ce nouveau bonheur.

« Tu ne veux pas, c'est ça ? »

Ce regard exaspéré qu'il m'adresse. Luc ou cet homme, dans cette maison, qui me réclame de le laisser me caresser ? La dureté de ma réponse.

« Je ne veux pas, c'est tout. »

Dehors, une fine pluie s'écoule sur les vitres. Sa lassitude à mes côtés. Tu n'as jamais envie. Je ris, du moins je crois m'entendre rire au moment même où tout en moi voudrait pleurer. Où suis-je ? Au-dessus de mon corps, une voix douce m'implore de rester calme. La sienne, Luc ? Tous ces murs de tristesses qui ne veulent pas tomber. Il faudrait que j'ouvre la porte, que je parte, mais l'homme me rattrape. Tu es ma femme, merde. Jupe relevée sous ses caresses, que je réajuste d'un geste sec. Lâche-moi ! Si rêche, ma voix, si implacable. L'homme, mon mari, Marc ! oui, c'était Marc, tout me revient ! Marc dans son costume d'agent immobilier, sa rage rentrée, si tu savais comme j'en ai marre de ta froideur. Et moi, de tes maîtresses ! Et maintenant, cette route où, sous une pluie diluvienne, je roule. À la radio, une vieille chanson dont je répète les paroles. Est-ce le même jour ? Virage bientôt en vue. Le refrain revient, et je fredonne un peu plus fort comme si je m'adressais à quelqu'un que j'aime. Pour-

tant, il n'y a personne à côté de moi, et derrière moi...
mais pourquoi est-ce que je me raidis, et pourquoi mon
regard devient-il aussi fixe, qu'est-ce qui me prend,
POURQUOI EST-CE QUE JE BRAQUE ?

La voiture, à pleine vitesse, part de travers, percute
le rebord, s'envole. Cette hauteur que font les arbres,
tu le savais, toi ? Mais qui, toi, dont je cherche déses-
pérément le visage et qui m'implore de. Trop tard, la
voiture tournoie dans les airs. La faire redescendre,
je le voudrais bien, d'ailleurs j'essaie, je te le jure,
si aimante cette voix, si étrangement calme, alors que
la voiture, à une vitesse que je ne pensais pas attei-
gnable, heurte de plein fouet le tronc, bruit des vitres
qui explosent, ma tête, mon corps, ma...

« Anna, vous allez bien ? »

Qu'est-ce qui m'a pris de braquer de la sorte ?

« Anna... »

Je rouvre les yeux, en nage. Cette voix que je croyais
entendre dans la voiture... Élodie, la fillette du puits ?
Serait-ce elle que j'ai tuée ? Mais sa sœur alors ? Et ce
puits ? Je secoue la tête, perdue.

« Anna, laissez-moi au moins vous raccompagner
chez vous. »

« Chez moi »... Je reçois ces mots comme une gifle.
Quand est-ce qu'il va comprendre ? Dans un gronde-
ment effroyable, un Etihad rase nos têtes.

« Anna, dites quelque chose... »

Ai-je voulu me tuer ? Mais Marc, alors ? Ne serait-ce
pas plutôt lui que j'ai...

« Anna, s'il vous plaît, regardez-moi. »

Et lui, Luc, avec ses questions, sa peau rasée et son
appartement, lui que je voudrais fuir, si beau en même

temps tout à l'heure à hurler sa douleur, pourquoi est-ce que je n'y arrive pas ? Est-ce parce que j'ai…

« Allons dans un hôtel alors… »

Je le regarde sans comprendre.

« Anna, juste pour nous reposer, rien d'autre. Moi aussi, je suis épuisé. »

Chapitre 29

Lorsqu'il se gare devant le Hilton, mon cœur s'affole. Ici, à coup sûr, on va me demander mes papiers ! Quelle mouche m'a piquée d'accepter ? Je m'apprête à lui demander de faire demi-tour. Trop tard. Un voiturier m'ouvre la porte.

Traversée de l'immense hall de marbre, dont le faste ne fait qu'accroître mon anxiété. Face à la réception, je pars m'asseoir dans un fauteuil en feignant un moment de faiblesse. À quelques mètres, je vois Luc au comptoir. Qui a-t-il dit que j'étais ? Sa compagne ? Sa femme ?

« Anna, vous sentez-vous assez de forces pour vous lever ? »

Ce calme qui le traverse et me blesse autant qu'il me rassure. Quelle force me pousse ainsi à le suivre ? Sa douleur est si nette. À ses côtés, je me sens impalpable, floue. Nous pénétrons dans l'un des trois ascenseurs vitrés qui, sous une verrière, vont et viennent le long de l'atrium. À nos pieds, les clients du bar deviennent des points minuscules et j'en viens de nouveau à me demander si tout ceci n'est pas un rêve. Dans la chambre du huitième étage, la baie vitrée donne sur la maquette du Concorde. Ne serais-je pas mieux là-bas, plutôt que de jouer à la fille normale dans cette pièce où, déjà, j'étouffe. Vlad, où es-tu ? Et toi, Josias ? Je voudrais tout à coup les revoir, m'excuser d'être là, parmi ceux qui les haïssent.

« Anna ? »

Que veut-il à la fin ? Coucher, c'est ça ? Il sourit tristement. Non, Anna, juste me reposer à vos côtés. Je bredouille une excuse, gênée. C'est si étrange de me retrouver dans cette chambre, avec lui. Il secoue la tête, lâche que, depuis ce crash, nous sommes comme deux gamins troués. Je voudrais à cet instant oser lui dire que je lui ai menti sur toute la ligne, lui avouer que je n'ai perdu personne, moi, sur ce vol. Je fixe le sol, silencieuse.

« Anna, vous tremblez.

– C'est ce mot, troué. »

Il plonge ses yeux dans les miens. Cette émotion entre nous. Ce désir qui me surprend moi-même. Il ferme les yeux, effleure mes lèvres d'un geste de la main. Cette douleur qu'il me tend. Si lourde, si pleine de souvenirs. Tant de manteaux bleus ici. On dirait presque un adieu. Des larmes roulent sur ses joues, il enlace mes doigts, me caresse le visage. Jamais il n'y a eu de morts. Aucun avion n'a chuté. Je suis Catherine, sa femme, et que c'est bon d'imaginer l'appartement où, bientôt, il va m'aider à défaire ma valise et où nous allons faire l'amour. Nous basculons lentement vers le lit. Nos corps se rapprochent, se collent presque. Fougue de plus en plus intense de nos baisers, mais, d'un coup, il se redresse.

« Non, je ne peux pas. »

Je l'attire à moi. Il se détourne, perdu.

« Je suis désolé. Jamais je n'aurais dû. »

Au loin, en bout de piste, un Gulf Air se cabre. Il se lève, il attrape son manteau.

« Venez, Anna, je vais vous raccompagner. »

Mais moi, je veux rester ici. Avec lui.

« Anna, c'est impossible. »

Il a raison, c'est impossible. Je voudrais le lui crier. Comme si on pouvait être attiré par une fille qui fonce délibérément sur un arbre et qui tue, parce que j'ai tué, n'est-ce pas ? Dans mon dos, j'entends le bruit de la porte qui se referme. Je reste longtemps en boule, prostrée, quand mon regard finit par être attiré par un reflet dans le miroir, corps que je prends du temps à reconnaître : moi, cette femme recroquevillée et vers laquelle je tends un doigt. Cherche ! semble-t-elle me supplier, cherche plus profondément encore : avant l'arbre, avant le blanc spectaculaire de l'arbre, c'est là, dans le néant, qu'il faut…

Creuser, tout perdre.

La voiture percute le rebord de la route, je suis l'épouse de Marc, agent immobilier qui veut me caresser et auquel je dis non. Qu'est-il advenu de lui après l'accident ? Et pourquoi ne m'a-t-on pas ramenée chez nous ? Cette grande maison a-t-elle jamais existé ? Et cette voix qui me suppliait dans la voiture ? Cette voix que j'aimerais tant réentendre ? Dans le miroir, le reflet se tait, et le chagrin s'engouffre.

Chapitre 30

COMBIEN DE TEMPS, cette nuit, suis-je restée prostrée face au mur ? Dans ma tête, les mots n'arrivaient plus, ou alors entrecoupés. On aurait dit des glapissements. Il est grand temps de partir d'ici et de rejoindre mon monde. Le seul où je tienne encore debout.

Devant l'entrée de l'hôtel, le portier me propose d'attendre la navette qui dessert les terminaux. Je lui réponds que je préfère marcher. La neige, alentour, est si belle. Je décide de couper à travers champs. Seulement, mes pas s'enfoncent bientôt si profondément qu'il m'est impossible d'avancer. Les yeux rivés au ciel, je m'allonge pour reprendre souffle. Me fondre dans le paysage, voilà ce que j'aimerais ce matin. Devenir aussi fluide que l'air. Et bleue. Entièrement bleue comme le ciel. Je me surprends à sourire. Qu'ai-je à craindre après tout ? Il me suffit de retourner au squat et de le réaménager, de reprendre ma vie d'avant jusqu'à ce qu'un beau matin Vlad revienne. Quelque chose cloche pourtant. Quelque chose qui parle d'un manque abyssal. Lui, Luc ?

Tracer un cercle dans la neige. M'asseoir en son centre. Dresser tout autour une muraille transparente et rester là, sans plus bouger ni rien ressentir, parce que sentir fait trop violence ici. Pendant ce temps, le monde brûlerait. Il brûle d'ailleurs, seulement, je ne m'en souviens plus. Poser le menton en appui sur les genoux, tracer un deuxième cercle, à l'intérieur de soi cette fois, en retirer toute matière, puis entrer dans ce vide où les avions, les hommes, les petites filles, l'œil des vigiles, les hurlements, sans aucun bruit, tournoient. Enfin, ne plus penser à rien, pas même à ceux qui, en ce moment même, face aux portiques de sécurité, vident leurs poches, dociles, et retirent leurs chaussures. Serrer les bras autour des genoux. Éteindre tous les écrans. Ne plus rien voir ni écouter. Plonger à l'intérieur de ce silence où jamais les avions ne s'écrasent, ni les maisons ne disparaissent, et où je m'enfonce à présent…

*

Est-ce à cause du flocon qu'elle a avalé ? Certains disent l'avoir vue pencher la tête en arrière et le gober. Il neigeait ce jour-là. Les enfants s'amusaient à lancer des boules qui s'écrasaient sur les voitures tandis que, derrière les vitres, elle ne bougeait toujours pas. Quelle guerre, alors, menaçait ? Ceux qui venaient la voir n'y pensaient pas. Ils s'arrêtaient pour la regarder et c'était comme si une part d'eux-mêmes s'entretenait avec elle. De quoi, ils ne le savaient pas. Les vitres étaient si hautes et elle semblait si frêle à l'intérieur. Peut-être de l'adolescente dont on avait retrouvé les restes sur les rails et qui, disait-on, s'était suicidée à cause d'une banale histoire d'amour, mais peut-être de leur frayeur du chômage, de leur envie de vacances ou encore de leur chat, de leur besoin aussi de caresses et de sécurité. Est-ce parce qu'ils étaient absorbés dans leurs pensées qu'ils ne le virent pas ? Au dire de certains – très rares – les vitres soudain s'effacèrent. C'était un homme qui avait accompli ce miracle. Un homme sur le visage duquel on pouvait lire une immense tristesse. Comment avait-il réussi ce tour de force ? À son approche, la petite avait frémi. Était-ce lui qu'elle attendait ? Lui qui, avec une infinie douceur, se penche vers elle à présent. Mais qui, lui ? Et qui, elle ? Tandis que les enfants lancent à pleine volée des boules de neige et que, derrière les vitres, elle tressaille.

*

Lentement, j'ouvre les yeux, tombe, interdite, sur Luc qui me recouvre de son manteau et se met à me frotter vigoureusement le dos.

« Anna, c'est de la pure folie ! S'allonger dans la neige par un froid pareil ! »

Comment m'a-t-il trouvée ?

« Depuis ce matin, je guette votre sortie devant l'hôtel. Je ne sais pas comment je vous ai ratée, sans doute quand je me suis assoupi. Le portier m'a dit que vous étiez partie à pied... Je voulais m'excuser pour hier soir. »

Mais je ne veux plus rien. La neige. Juste le contact de la neige.

« Je vous en prie, Anna, j'ai besoin de vous... »

Cette fêlure en lui, le ciel alentour, la neige comme du feu. Il me serre à nouveau, je me laisse enlacer.

Dans la voiture, je claque des dents. Sans dire un mot, il démarre et met le chauffage à fond. Sans doute espère-t-il que je lui parle de moi. Qui êtes-vous, Anna ? Où habitez-vous ? Que faites-vous dans la vie ? Il faudrait alors que je lui parle de cette salle où je me suis réveillée sans plus aucun souvenir, de cette fillette qui tombe, de cette voiture qui valse dans les airs, des avions qui me sauvent… Au lieu de cela, je lui montre, au loin, les cuves d'Épinay-les-Louves reliées par un pipeline au Havre et qui, chaque jour, délivrent tout le pétrole nécessaire aux avions : pas moins de 15 000 mètres cubes. Il s'étonne de ce que je sache une chose pareille, n'insiste pas pour autant. Vlad aurait gueulé, lui, et Josias, sifflé d'admiration, mais il ne fait pas partie de « ces gens-là ».

CLUB LOOKÉA : SOUVENIRS GARANTIS !

Le long des tapis roulants du niveau des départs du T2C, je le suis, tête baissée. Pourvu que ni Joséphine ni Josias ne surgissent ! Enfin, il s'arrête devant la brasserie Paul et je respire. Ici, aucun d'eux n'ose entrer. Malaise cependant quand il lève la main pour appeler la serveuse en me conseillant de prendre la formule petit déjeuner complète. Avec à peine deux euros sur moi, je ne peux même pas m'offrir un expresso. Il doit sentir mon trouble.

« Je vous invite. »

Angela (badge), léger accent italien, note la commande, sourire aux lèvres.

« Je récapitule : deux formules complètes, une avec un double expresso, et l'autre avec un chocolat.

– C'est cela, oui, merci. »

Elle s'apprête à tourner les talons quand son regard tombe sur ma petite valise.

« Alors, comme ça, vous partez en vacances ? »

J'acquiesce d'un mouvement de la tête.

« Vous en avez de la chance, et où donc ? »

Reprendre les vieux réflexes.

« Au Maroc.

– Au soleil, je l'aurais parié ! Vous connaissez, là-bas ? »

Je me lance sans réfléchir.

« Nous venons d'acheter un riad à Marrakech et comptons définitivement nous y installer quand l'aîné sera en âge de se débrouiller. »

Angela se met à rire. Elle aussi, avec son mari, s'est promis de repartir vivre en Sicile, d'y ouvrir un restaurant.

« Mais bon, pas question de quitter la France avant que le dernier ait passé son bac ! »

Elle finit par s'éloigner.

« Vous… faites cela souvent ? »

Bon sang, je l'avais presque oublié !

« Quand je me sens mal, je… oui… ça me change les idées… »

Au moment de nous quitter, il me propose de me raccompagner chez moi. Je refuse, prétextant le besoin d'être seule. Il insiste : les transports en commun ne fonctionnent pas bien avec toute cette neige. Je lui réponds qu'il n'a pas à s'en faire, que je suis habituée. Il aurait sans doute aimé prolonger ce moment, mais le temps file et je dois me trouver un endroit pour dormir.

Arrivée au T2, je rejoins les escaliers de service du premier sous-sol. D'un pas déterminé, j'emprunte les galeries souterraines avec l'espoir soudain de retrouver Vlad. Quand j'atteins la planque, mon enthousiasme retombe d'un coup : non seulement toutes ses affaires ont disparu, mais le sol est imbibé de flotte, ce qui rend parfaitement impossible tout squattage, même pour une nuit. Qui a bien pu faire cela ? Les pompiers ? Les Russes ? Même le matelas a disparu ! Contre le mur humide, je me retiens de pleurer. Où vais-je bien pouvoir dormir et que va devenir Vlad à son retour ? Dans les terminaux où je me mets à errer, Luc me manque à nouveau avec son air grave, ses yeux perdus.

« Pardonnez-moi, vous savez comment ça marche, vous, les bornes libre-service ? »

Il doit avoir quatre-vingts ans. Il parle avec un léger accent espagnol.

« Tous ces trucs électroniques ! Franchement, c'était mieux avant, non ? »

Avant, je ne sais pas. Ni Luc ni Vlad n'existaient.

Les avions s'envolaient. Je ne les regardais pas.

Terminal 2F. Face à la foule des passagers assis par terre, je bénis la neige. La plupart des vols affichent des retards record. Impossible d'être repérée par qui que ce soit dans cette pagaille.

À chaque nouvelle annonce, tous les yeux se tournent sur les écrans. J'en profite pour rafler, là une écharpe, là un pull, là encore un sandwich. Jamais la pêche n'a été aussi rapide et bonne.

Il est plus de vingt-deux heures quand je m'endors parmi une dizaine de skieurs qui ne parlent que de poudreuse et d'étoiles. Vers minuit, le bruit de leurs skis me réveille. Leur avion ne partira que demain. Ils ont décidé de dormir à l'hôtel.

Dehors, la neige s'est remise à tomber. Je m'approche des baies vitrées, me demande si, depuis sa chambre d'hôpital, Vlad la voit, si, ne trouvant pas le sommeil, Luc la regarde lui aussi. Un groupe de jeunes militaires, mitraillette en bandoulière, passe. Je m'éloigne vers le T2C, m'endors quelque temps sur un siège, puis, derrière un comptoir d'enregistrement, sur un petit bout de moquette. Demain, il faudra que je me lève avant la première ronde des maîtres-chiens. Que je me lave aussi.

FORT APACHE : surnom donné au bâtiment 7200 qui abrite les services de maintenance de l'aéroport.

Chapitre 31

IL EST DIX HEURES PASSÉES. Les tapis roulants sont déserts ce matin, pas question de les emprunter seule : Josias traîne souvent dans les parages, il me repérerait au premier coup d'œil. Les minutes se succèdent. Enfin, un groupe surgit. Je me fonds dans leur cohue, traverse « sans incident » l'immense corridor. Tiens, ni Moumoune ni Thierry ne sont à leur place et aucun signe de Trois devant la porte 3. Auraient-ils tous été embarqués ?

Une à deux fois par an, Emmaüs propose un « séjour rupture » aux permanents de l'aéroport avec l'idée de leur faire redécouvrir au vert tous les bienfaits de la vie « normale ». De ce qu'on m'en a dit, la ferme est immense là-bas, et toute en pierres de taille. Les horaires des repas sont fixes comme ceux du lever et du coucher. La douche est obligatoire ainsi que les activités. Josias adore y aller.

« Le mercredi, je fais de la poterie et, sinon, je m'occupe des vaches. »

Ah ça, les vaches, qu'est-ce qu'il les aime.

« Un truc de dingue, leurs yeux, et puis tout ce lait blanc qui sort de leur pis ! »

Liam, lui, aide aux cuisines. Les autres, je ne me souviens plus. Impossible, dans tous les cas, d'imaginer Joséphine ou Robocop en pleine nature, encore moins Trois, qui déteste qu'on le déplace. Dans le bus qui les ramène à l'aéroport, l'idée effleure parfois certains de revenir « à la surface ». Ravis, les gars d'Emmaüs promettent aux volontaires quatorze mille aides. Peine perdue. Sitôt qu'ils sont revenus sur le site, les souvenirs des odeurs de pommes et des bonnes soupes s'effacent à la vitesse d'un songe. En moins de vingt-quatre heures, il ne reste plus rien : plus aucun ne se lave, tous se remettent à manger avec les doigts.

« Anna ! »

Cette force avec laquelle il me serre.

« Bon sang, je suis si heureux de vous voir. »

Il parle sans plus s'arrêter. Hier, il était si troublé, il ne savait plus comment me dire au revoir. Il s'est senti si maladroit… Je suis si heureuse, moi aussi, de le retrouver.

« Anna, forcez-moi à l'oublier, je ne supporte plus ce que ce chagrin fait de moi. »

Oublier, il ne sait pas de quoi il parle ! Il s'en fout et je me mets à rire. Il est si beau… Je le regarde avec un air de défi.

« J'ai une idée, mais vous vous laissez faire, d'accord ? »

Il acquiesce, surpris. Je lui prends la main.

« Vous êtes prêt ? »

Il hoche de nouveau la tête, sans bien comprendre. Qu'importe. J'ai tant besoin de lui montrer qui je suis pour de vrai.

Je l'entraîne vers la foule des passagers. Aux premiers voyageurs que nous rencontrons, je raconte que nous sommes un couple de spéléologues. Aux seconds que notre petite fille de cinq ans vient de se faire opérer, aux troisièmes que nous sommes cadres et partons rejoindre notre « *staff* » dans le cadre d'un stage de « renforcement de liens ». Cette stupeur dans ses yeux. Cette énergie qu'elle me donne. Je ne peux juste plus m'arrêter. Nous avons deux enfants, et non, malheureusement aucun. Notre mère vient de mourir. Notre fils aîné va se marier. Il est bouddhiste. Nous venons à peine de nous rencontrer. Il est mon beau-frère, mon frère, mon cadet, mon jumeau. Nous sommes à la tête d'une association de protection de pêche. Nous sommes vétérinaires, agrégés de lettres, électriciens, amateurs d'opéra…

Dès le premier mensonge, il me supplie d'arrêter, mais peu à peu, face aux énormités que je débite, à l'empathie qu'elles suscitent, ses défenses, malgré lui, lâchent. Il se prend même à sourire. Quatre enfants, oui, l'entends-je murmurer, dont deux qui font leurs études à Shanghai. Un élevage de cinquante labradors nains également. Le type sursaute. « Ça existe, ça, des labradors nains ? – Une espèce ultra-rare », répond-il. Il est d'ailleurs l'un des seuls en Europe à les élever. L'homme s'en va, médusé. J'ai toutes les peines du monde à garder mon sérieux.

Mumbai, Djibouti, Porto, Tbilissi, Bristol, Erevan, Sfax, Minneapolis, Cracovie, Göteborg, Calgary, Mombasa, Vérone, Guangzhou, Nagoya, Toulouse, Téhéran, Casablanca, Thessalonique, Alicante…

Il a pris goût au jeu. Islamabad et Téhéran, formidables, les gens, surtout. Pas une seule journée sans être invités ! Je ris avec lui en surveillant du coin de l'œil les alentours. Mais aucune trace de Joséphine ni de Josias. Emmaüs les aurait-il vraiment embar-

qués par ce sale temps ? À moins qu'ils n'aient tous
été évacués sur des centres d'urgence. À l'exception
des journalistes qui, en vue d'un tel scoop, rapplique-
raient comme des mouches, on n'aime pas les morts
de froid ici.

AÉROPORT DE PARIS
C'EST ICI QUE LE VOYAGE COMMENCE.

Vers la fin de la journée, il me remercie de ce cadeau
aussi inattendu qu'inespéré. Jamais il n'aurait cru pouvoir « l'oublier autant ».

Au moment de me quitter, il ne peut toutefois
s'empêcher de me parler à nouveau d'elle. Cette façon
qu'elle avait de rire au beau milieu de leurs disputes,
de ne jamais rien prendre au sérieux, leur mariage très
intime, le cadeau qu'elle lui avait fait : un bout de mur
de la maison de son enfance (elle s'était introduite dans
le jardin, l'avait volé, oui !), sa passion pour les langues,
l'italien surtout, son talent de jardinière, ce creux où
elle se réfugiait à en devenir inaccessible.

Je l'écoute en silence. Je regarde ses lèvres trembler.

Face aux ascenseurs, il me supplie. Cette peur qu'il
a, depuis qu'il m'a rencontrée, de se retrouver seul.

« Viens chez moi, Anna, passons la nuit ensemble. »

Ce « tu » qui me confond. Mais comment accepter
de quitter l'aéroport ? C'est ici que j'ai toute ma vie.
Il me regarde avec tristesse.

« C'est à cause de ma femme ? »

Elle, je n'y pensais même pas. Je baisse la tête, je
mens.

« Oui.

– Allons chez toi, alors… »

Que lui répondre ?

« Chez moi, c'est compliqué… Dans un hôtel, si tu veux. Il y en a plein ici. »

Mais « ici », avec le va-et-vient des avions, il passerait la nuit à ne penser qu'à elle, et ça, non, il ne veut pas.

Derrière son dos, les portes de l'ascenseur s'ouvrent. Il me tourne le dos, disparaît une fois de plus.

Chapitre 32

J'AI BIEN DORMI CETTE NUIT. Sera-t-il seulement là ? J'ai si peur de l'avoir froissé en refusant de dormir chez lui. Je l'aperçois enfin. Il se tourne vers moi. Beau. Si beau, de ce sourire qu'il m'adresse et où ne se lit pas le moindre reproche. Il prend mon visage dans ses mains.

« Toi aussi, tu as perdu dans cet avion un être cher... »

Je me fige.

« Pardon, Anna, oublie ce que je viens de dire. »

Oublier. Il n'a décidément que ce verbe à la bouche. J'en rirais presque. Au lieu de cela, je l'entraîne vers les aérogares.

« Où partons-nous ce matin, Luc ? En Norvège, dans le Sud de l'Italie ? »

*

Tracer en dehors de soi et en soi un cercle, un deuxième cercle, un troisième cercle. Dresser tout autour de solides murailles transparentes. S'asseoir au centre de cette splendide construction. Ne plus bouger. Puis se mettre à rêver. Juste cela. Rêver. Rêver le corps, l'espace du corps. Rêver à en perdre la mémoire, effacer tout contour. Jusqu'à ces gestes qui parlent de

175

la douleur. S'asseoir ici même. Dans la blancheur céleste de ce royaume. Au sein de sa douceur muette. Ni s'appesantir, ni s'envoler. Rêver, juste cela, le menton en appui sur les genoux, à en devenir le temps du rêve lui-même, son espace, sa langue. Décider de ne plus jamais en sortir. S'enfermer à jamais dans la féérie de ce monde.

*

Ce rendez-vous chaque matin à dix heures devant les portes des arrivées, comme si nous en étions convenus, or non, à peine un « à demain » murmuré du bout des lèvres. Cette course à la rencontre d'eux tous, nos vies imaginées, brodées : valises perdues à Jakarta, baptême à Washington. Trois Russes qui, à leur tour, nous racontent leurs magasins à Moscou, une Dublinoise, soixante-douze ans, verre de vodka cul sec, *Long life to Ireland!* Un chef avion muté en 69 sur Roissy...

« Cette année-là, j'ai assisté à un match de boxe organisé par les pilotes d'Air France, devinez où ? Sur les pistes, figurez-vous ! Inconcevable, hein ? À l'époque, ça n'existait pas, tout ce foin de sécurité. Les avions atterrissaient, on allait accueillir les passagers en bas des rampes : des stars, des gens de la haute. Un autre monde. Les charters avec monsieur et madame Tout-le-monde, c'est seulement vers le milieu des années 70 qu'on les a vus arriver. Après la guerre du Vietnam, les Amerloques se sont retrouvés avec tellement de zincs sur les bras ! Ils les ont revendus à des malins qui ont senti le vent tourner ; ça a été le début du tourisme de masse. Ça vous dérange si je prends un autre café ?

– Non, non, bien sûr.

– Vous l'aurez compris, le monde aérien et moi, ça a été un vrai coup de foudre. Encore aujourd'hui, notez. Ce langage qu'on a et tous ces codes. Personne d'autre que nous ne les comprend. Si je vous dis par exemple que mon collègue est dans la baignoire, vous allez faire une drôle de tête, non ? Je l'aurais parié ! Chez nous, la baignoire, ce sont les box des satellites, et les touristes, les maillots ! »

Oublier, il a tellement raison, nous deux, face au monde, bien sûr que je la vois, cette foule. Non, je ne sais pas. Il veut que je demande ? D'où, dites-vous ? De La Mecque ? Vous toucher, mais pourquoi ? Ça porte chance, vraiment ? Dix ans de mariage, nous, depuis hier, si, si, je vous assure… mais qu'est-ce que…

« Elles vont chanter pour vous.

– Chanter ?

– Pour votre mariage, là, asseyez-vous. »

Des hommes nous tendent leur coussin, des femmes nous servent le thé. Qui ne connaît pas le retour du Hadj ? Les hôtesses passent en souriant. Combien sont-ils à avoir attendu les deux pèlerins ? Cinquante ? Soixante ? Oncles, tantes, sœurs, frères, cousins. Certains ont traversé la France pour venir les accueillir. Et maintenant le youyou strident des femmes, leurs dents, leurs rires fusant autour de nous.

Journées si fluides passées en sa présence, combien d'heures, combien de jours ? Cette force, chaque après-midi, qui nous pousse hors satellite : spot 12, face doublé sud, spot 15, long doublé sud, spot 7, face doublé nord, vent giclant sur nos mains. Vigiles qui ne nous arrêtent même pas, nous saluent même.

« Non, aujourd'hui, tu prends cette route qui part sur la droite.

– Mais Anna… les pistes, c'est de l'autre côté.

– Ils sont si majestueux, Luc, je veux que tu les connaisses.

– Qui, Anna ? »

Traversée des zones de fret, coups de klaxon, tunnel.

« Les deux cèdres, là-bas, tu les vois ? »

Nous sortons de la voiture, commençons à marcher vers eux.

« Ils ont plus de deux cents ans, tu sais ? »

Mais comment pourrait-il savoir ? Lorsque nous les atteignons, je lui demande de venir s'allonger sous leurs branches. Il me regarde, confus. Cette « visite » fait-elle partie du « jeu » elle aussi ? Je lui fais signe de se taire et de fermer les yeux. Six hommes bras écartés ne suffisent pas à encercler leur tronc.

« Anna…

– S'il te plaît, Luc, tends l'oreille, écoute. »

Pas le monde, non, les branches, le mouvement des branches, ce pli qu'elles font dans le ciel, deux cents ans, se rend-il compte, c'est un botaniste qui les a ramenés d'Angleterre, à l'époque, il n'y avait que des champs ici, à peine quelques hommes. Il se tourne vers moi, stupéfait, me demande d'où je tiens toutes ces informations. Je lui réponds, évasive, que je les ai lues. Et tant encore de choses. La légende dit que Pompidou aurait survolé la zone en hélicoptère, exigeant qu'on sauve ces cèdres, pas les maisons, non, ni les fermes, mais ces deux cèdres absolument, même si ça devait poser problème et c'est comme ça qu'ils sont restés…

« À défaut de tout le reste. »

Airbus 310 de la Thai qui s'élève au-dessus de nous, odeur de résine, de sève. Et si on décidait de vivre là, Luc ? Protégés à jamais, au plus près de Dieu.

« Parce qu'ils viennent de Dieu, tu sais ? Tous les arbres viennent de Dieu. »

Il me regarde, scié.

« Parle-moi de toi, Anna. Je ne sais toujours rien de toi. »

Mais il fait si beau aujourd'hui, et nous sommes si heureux.

AIR FRANCE

FAIRE DU CIEL LE PLUS BEL ENDROIT DE LA TERRE.

À la tombée de la nuit, sa question invariable.

« Je te raccompagne ? »

Ma réponse invariable :

« Non, Luc. »

Jour après jour, soir après soir, son étonnement, sa confusion grandissante.

« Tu es sûre ?

– Oui, Luc. »

Nos deux corps se séparant, lui, à l'orée de l'aéroport, de plus en plus perplexe, moi, une fois qu'il a disparu, vers les aérogares, veillant bien à ne pas me faire repérer, jusqu'à n'en pas dormir certaines nuits et à m'assoupir dans les toilettes, les sous-sols des parkings, les cagibis de service…

Chapitre 33

NUITS QUI N'EN FINISSENT PAS et dont j'attends chaque jour plus intensément la fin tant j'ai hâte de le retrouver. Partout ailleurs, c'est comme si le monde s'était arrêté. Nulle trace de Joséphine, Josias ou Vlad, pas même de Lucien, dont le bar affiche « fermé » depuis plus de deux semaines.

Boeing 772 Aéroméxico, Boeing 763 Delta *« Habitat for Humanity »*, Boeing 737 Cimber Air, Airbus 310 Pakistan.

« Excusez-moi, mais il est strictement interdit de prendre des photos.

– On ne prend pas de photos.

– Vous ne pouvez pas rester là. »

On fait mine de partir, on revient sur nos pas, tombons sur un Canadien, objectif en main, qui mitraille dans tous les sens.

« Pardonnez-nous, vous pourriez nous prendre tous les deux devant l'A320 ?

– Vous êtes *spotters* ?

– Parfois, oui.

– Moi, c'est tous les week-ends. Hier, j'ai eu un Fokker 50 de la Cityjet. Je ne savais pas qu'ils en avaient acheté. Tenez, matez un peu tous ceux que j'ai eus hier, pas mal, non ? Dites, un 777 Air Canada Vancouver avec une déco de dingue, ça vous dit quelque chose ? Je l'ai shooté flou la semaine dernière, je ne le retrouve pas.

— Désolé, non.

— Si vous le voyez, tenez, je vous file mon numéro.

— On vous appelle, promis.

— Un tuyau : le plus beau spot de l'aéroport, le toit du Sheraton, vingt euros à Victorine, mais chut, je vous ai rien dit. Salut ! »

Chapitre 34

Toit du Sheraton. Sommet du monde.

« Luc, c'est magnifique, non ? »

Mais non, il n'apprécie pas. C'est pourtant tellement dingue de se retrouver là.

« Attention ! Vrrrouououommm, je suis un avion !

– Anna…

– Propulsion ! *Jetwash!* Aile, extrémité de l'aile, monte, Luc, monte avec moi ! »

Il ne sourit même pas. Tant pis, je m'envole. Expulsion ! Gaz ! Nous deux, Luc, cœur partout ciel, merde ce que c'est beau, bras, vent, mains, villes par-dessus tête, rase-mottes zzzzzzzzzz, t'as vu comme la terre se déplie ? Ça y est, wahouoooououou, mes ailes quittent la perspective ! Je vrille, Luc ! Inversion des nuages ! Têtes renversées le monde, vrrrrrrrrrreee !

« Anna, s'il te plaît… »

Si vastes nos corps ! Partout le ciel jusqu'aux confins.

« Anna…

– T'as vu un peu comme je glisse ! »

Blancheur mon corps, nuages d'une seule bouchée.

« Anna, arrête maintenant ! »

Mais je suis ivre, tant d'émotions.

« Hublots ! *Wingtips! Vortices!*

– Anna ! »

Ce noir en moi, cette explosion de nuit si déchaînée soudain, attention zoooouuuuu, je vole ! Fragmentation vitesse, BON SANG MAIS POURQUOI EST-CE QUE JE BRAQUE ! Masse temps qui tombe, pluie, fracas de pluie, fillette ! Maison si nette, arbre, LUC ! TRONCS PARTOUT CIEL !

« ANNA !!! »

Cette voix… J'ouvre les yeux.

« Relâche-moi, Luc, tu me fais mal. »

Il me regarde, effrayé.

« ANNA, MERDE, TU AS FAILLI SAUTER !!! »

Un tel chagrin en moi.

« Anna, ça ne peut plus durer. Viens, on descend. Il faut que tu me parles. »

Dans la voiture, ses mains tremblent sur le volant. Comme s'il n'avait pas eu assez d'une morte dans sa vie ! Est-ce que je me rends compte ? Je me détourne sans un mot, fixe les flocons épais qui se déposent sur le pare-brise. Il a raison : qu'est-ce qui m'a pris ? Il m'attrape le bras, m'oblige à lui faire face.

« Anna, tu me parles ou alors… »

Je pars d'un rire nerveux.

« Ou alors quoi, Luc ? »

Je suis un trou qui abrite un saccage. Quand est-ce qu'il va le comprendre ? À l'intérieur de moi, les avions se fracassent, les corps tombent dans des puits, les maris tournent comme des lions en cage, les femmes hurlent en silence, les voitures valsent… Mais il est hors de lui. S'il n'avait pas été là… Les mots s'étranglent dans sa gorge.

« Anna, je veux qu'on arrête là. »

Je le fixe, glaciale. Dans le fond, il ne vaut pas mieux qu'un de ces flics de la BMI (brigade mobile d'immigration de la police de l'air et des frontières) qui se targuent d'expulser chaque jour femmes et enfants.

« OK, tu l'auras voulu. Ma tête est vide, Luc.

« – Comment ça, vide ? »

Je désigne mon crâne du doigt.

« Vide, plus rien, *nada* !

– Anna, qu'est-ce que tu me racontes ? »

Cette colère noire qui monte en moi.

« Même mon nom, je ne m'en souviens pas. Anna, c'est le mieux que j'aie trouvé. »

Il me fixe, sidéré.

« Tu veux dire… tu ne t'appelles pas… Anna ?

– Une chance sur un million.

– Mais… ton mari ? Le crash ?

– Idem.

– Tu… Tu as tout inventé ?

– En quelque sorte. »

Ce désarroi dans ses yeux.

« Mais enfin… pourquoi l'aéroport ? Pourquoi le Rio ?

– Tu ne m'aurais jamais crue autrement. »

Il détourne la tête, incapable d'ajouter un mot.

« Maintenant démarre, Luc, et raccompagne-moi à l'aéroport. »

Il reste prostré, et comme je lui en veux soudain. Jamais il n'aurait dû m'obliger à lui dire cela. N'étions-nous pas les rois du monde dans cet aéroport ? Pourquoi n'avoir pas joué le jeu jusqu'au bout ? Comme s'il fallait impérativement revenir au désastre.

« Démarre, maintenant. »

Mais rien, aucune réaction de sa part. Alors, j'ouvre la porte et sors de la voiture.

« Anna ! »

Pourquoi ne suis-je pas une pierre ? Quelque chose qui ne parle pas, qui ne ressent pas, qui ne s'effrite pas ? Il me saisit le bras.

« Anna, reviens, je te raccompagne. »

Je pars d'un rire méchant.

« Ah oui, et tu me raccompagnes où, Luc ? »

Il me regarde de plus en plus déconcerté.

« Mais… chez toi. »

Rien, il n'a jamais rien vu de moi, sinon l'écho de sa douleur. Je le jauge, dégoûtée.

« Comme si tu n'avais pas compris que je dormais là-bas ! »

Cette stupeur dans ses yeux.

« Donne ma valise maintenant. »

Il ne bouge pas et, sous la neige, ma colère dérape. Dans mon passé, combien de morts à son avis ? Mari et fillettes disparus en fumée. Comme si c'était facile de porter cela, comme si j'avais envie de le crier sur les toits.

« Cela fait plus de huit mois que j'habite dans l'aéroport. Avant, je ne sais pas. Une grande maison avec un homme que je n'aime plus et des légumes plein le frigo. Ça te semble dingue, hein ? C'est bien pire, Luc. Dans mes rêves, deux petites filles jouent à cache-cache. La plus petite tombe dans un puits. Les autres, je ne sais pas. Je roule sur une route droite et…

– Et quoi, Anna ? »

Mais c'est trop tard.

« Rien. Dépose-moi maintenant.

– Non, Anna, pas après ce que tu viens de me dire. »

Il parcourt des yeux les alentours d'un air perdu.

« Et puis, où est-ce que je te déposerais ? »

Je pointe du doigt les aérogares.

« Chez moi. »

Il secoue la tête.

« Chez moi, plutôt. »

Décidément, il n'a pas bien compris.

« Tu vois les grillages là-bas ? En arrivant ici, je me suis juré de ne jamais plus les franchir, ou alors, tout perdre une fois de plus, et ça non.

– Anna, tu ne comptes pas passer toute ta vie ici, tout de même.

– Si. »

Il me dévisage, effaré, enclenche le moteur sans plus rien ajouter.

Sur ma droite, après le passage d'un pont, un lapin bondit dans la neige. À ma vue, il se fige. Ce désespoir au fond de ses pupilles. Luc accélère légèrement et le lapin détale. Sous le ciel blanc, il n'est bientôt qu'une ombre noire.

« Je te dépose dans un hôtel. »

Cet apitoiement dans sa voix, comme s'il s'adressait à une pauvre folle.

« Non, Luc.

– Je paie.

– Pas question. »

D'un coup de frein, il arrête la voiture. Le lendemain de notre rencontre, il aurait pu ne jamais se pointer et se flinguer, or il est revenu et il m'a attendue devant les arrivées. Tous ces jours-ci, il aurait pu également me mentir, comme je l'ai fait avec lui. Il y a tellement cru, à mon histoire de mari mort dans ce foutu avion. Enfin quelqu'un qui avait traversé le même cauchemar. Il a tant l'impression de s'être fait avoir.

« Accepte cette chambre, Anna. »

Je n'ose pas le contredire. Il redémarre en silence.

Face à l'hôtel Ibis, il sort de la voiture en me priant de le rejoindre avec ma valise à la réception. Derrière les portes vitrées, je le vois tendre sa carte bancaire. Quand j'apparais, l'hôtesse m'adresse un large sourire. D'un geste nerveux, il me tend la clef.

« J'ai payé trois nuits. »

Il me tourne le dos sans même un au revoir. Depuis le hall de l'hôtel, je le vois s'engouffrer dans sa voiture. Cette fois, c'est sûr, il ne reviendra pas.

Chapitre 35

ALLONGÉE SUR LE LIT, j'allume la télé, je l'éteins, je la rallume, je zappe, m'arrête quelques secondes sur le spectacle de milliers de flamants roses s'envolant depuis un fleuve d'Afrique. Vlad ne m'interrogeait jamais sur mon passé. Avec lui, je n'étais pas menacée. Le rêve, à ses côtés, perdurait, et cela seul comptait. Avec Luc, c'est exactement le contraire, et pourtant, c'est lui, ce soir, qui me manque. Je réprime un rire nerveux. Comme si, après tout ce que je lui avais balancé, j'avais encore une chance de le revoir. Menteuse, passe encore, mais cinglée, SDF de surcroît ? Pourquoi aussi a-t-il cherché à me freiner dans mon élan sur le toit du Sheraton ? Plus il me disait d'arrêter, plus il fallait que je lui échappe, comme s'il m'obligeait à faire face à celle que j'ai si peur de retrouver. Il y a quelque chose de si blessé en elle. De si désespéré. Pourquoi, Luc, m'obliger à retraverser la nuit ?

Mais tu es déjà si loin. À me demander si je ne t'ai pas inventé, toi aussi.

Je ne cesse de me lever, pour tenter d'ouvrir la fenêtre, me passer de l'eau sur le visage. Juste avant l'aube, je m'endors d'un coup. Choc des branches, craquement des brindilles. Je cours, pieds nus, en pleine forêt, une horde à mes trousses. Elle se rapproche à grande vitesse.

J'accélère la cadence sans plus m'inquiéter des ronces qui me lacèrent la peau. Derrière moi, ils sont maintenant tout proches. Affolée, je détourne la tête : une éclaircie là-bas ! Pleine d'espoir, je m'élance sans voir l'arbre qui se dresse devant moi et que je percute de plein fouet.

Parfaitement, vous réinsérer, c'est de cela qu'on parle. Vous ne comprenez pas, il n'y a pas d'indemnités pour les gens comme vous. Deux pertes d'emploi en si peu de temps, qui me prouve en plus que vous êtes réellement handicapée ? Vous n'êtes pas la seule dans ce cas, madame. Qu'est-ce que j'y peux, moi, s'il y a des cafards ? Non, il n'y a plus de place pour vous ce soir. Revenez demain. Demain, oui. Si votre famille ne veut pas vous héberger, c'est qu'il doit y avoir une raison, non ? Une bonne raison. Comment ça, vous n'avez pas besoin de vous réinsérer ? Non, pas virée, nous n'avons juste plus besoin de vos services. C'est 1 200 euros le mois et, si vous n'êtes pas contente, la liste d'attente est longue. Tu dors dans la rue, toi ? Les caravanes sont toutes prises. Bien sûr que votre mari a une obligation, sauf qu'on ne sait pas où il se trouve, et puis, elle est vendue, votre maison. Des douches, et puis quoi encore ? Comment ça, des problèmes de mémoire ? Vous dormez où, d'abord ? Puisqu'on te dit qu'on ne peut plus te recevoir ! Je suis pas l'abbé Pierre, moi ! Ne vous inquiétez pas, on va trouver une solution, madame. Trois euros, c'est tout ce que t'as ! La douche, c'est une fois par semaine. Et alors, qu'est-ce que j'y peux s'ils sont violents ? Y'a des maisons pour les retardés mentaux ! Tenez bon, revenez demain. Si tu crois que t'es la première à te faire dépouiller dans leurs putains de centres d'urgence, remercie Dieu qu'ils t'aient pas fracassée. Vous ne faites pas l'affaire, non. L'avis des médecins diverge. J'ai beau appeler, ça ne répond pas. Vous êtes sûre qu'il habite toujours en France ? Ne stressez pas. Votre cerveau a juste besoin de repos. Ce dossier ne tient pas la route. Hier, vous vous souveniez, et aujourd'hui, non ? Mais qui êtes-vous exactement ? Qui ?

Je me réveille en claquant des dents, m'enroule dans les couvertures. Est-ce vraiment arrivé ? Mais où ? Quand ? Et pourquoi Marc n'était-il pas là ? Était-ce avant l'accident ? Après ? Je me recroqueville sans plus bouger.

Derrière la fenêtre, l'aube naît.

Chapitre 36

DANS LA SALLE DÉSERTE DU RESTAURANT, j'attends que Barbara s'éloigne du buffet pour bourrer un sac plastique de croissants, de pots de confiture, de pains au chocolat. Autant faire un maximum de provisions, avant de quitter définitivement l'hôtel. Mais, au moment de rafler quelques boules de pain, une main se pose sur moi. Je me retourne, prête à protester : où est-il écrit qu'on doive nécessairement prendre le petit déjeuner sur place et que fait-on pour les clients pressés comme moi ? Mais c'est lui, Luc. Je le regarde, interdite. Ce désir si violent que j'éprouve, cette peur à la fois qui me submerge. Il va pour me serrer dans ses bras, je le repousse doucement.

« Tu veux que je parte ? »

J'étais déjà si loin.

« C'était si dur ces jours sans toi… J'ai vraiment cru… »

Je lui fais signe de ne pas en dire plus. Cette douleur qui plombe tout. Je ne la supporte plus.

« Laisse-moi t'aider, Anna. »

Tout est si ravagé à l'intérieur. Que peut-il faire pour moi ?

« Je suis comme toi, Anna, je n'en sais rien. Nous reposer déjà et puis marcher, se parler… Nous verrons bien. »

Sur le lit, il m'enlace très doucement. Nos langues bientôt se touchent. Lovée contre lui, je m'ouvre, mais, une fois de plus, il se fige en plein élan. Au bord des larmes, il roule sur le côté du lit. Cette douleur, où elle le laisse. Certains jours, il en vient à la haïr. Ne pouvait-elle pas prendre un autre avion ? Pourquoi lui a-t-elle fait ça ? Je ferme les yeux, pose la tête sur ses genoux.

« Parle-moi de toi, Anna, raconte-moi ta vie dans cet aéroport.

– Là, maintenant ?

– Là, oui. Les endroits où tu dormais. Les gens que tu as rencontrés. Tout, Anna. »

Mais comment lui dévoiler ce monde sans les trahir eux tous ? Il y a bien l'histoire de la Cubaine interpellée par deux flics de la BMI dès son arrivée.

« *Madre de Dios, mi amigo me espera a su casa, tengo su atestación, que pasa ?*

– Calmez-vous, madame. »

Devant la foule consternée, elle redouble de cris, proclame qu'elle est en règle. Rien n'y fait. Dix minutes plus tard, alors que la plupart ont déjà oublié l'incident, elle est priée d'entrer dans les toilettes et de pisser dans un tube. Gare à elle si elle refuse, les flics l'emmèneront illico presto à la salle des radios où Carlion, le médecin de l'aéroport (dont l'arrière-grand-père était médecin lui aussi, à Cayenne), la priera de se tenir bien droite devant son appareil radiographique, le temps de « scanner » l'intérieur de ses entrailles. Après quoi, il y aura quelques minutes d'attente pendant lesquelles les douaniers se plaindront du fait que les dealers, aujourd'hui, préfèrent écouler la marchandise via les routes plutôt que via les airs à cause des contrôles de sécurité de plus en plus sophistiqués. Puis Carlion ressurgira de sa petite salle obscure sans pouvoir s'empêcher de raconter à la

Cubaine pourquoi il l'a radiographiée ainsi. Vingt ans auparavant, une jeune femme s'était trouvée mal, et on la lui avait amenée. Les symptômes parlaient pour elle : intoxication aux barbituriques. Pourtant, le lavage d'estomac ne donna rien, et la jeune femme mourut. Rien, c'était impossible ! Carlion réclama une autopsie qui lui donna raison... avec un bémol cependant. Pour être bien sûre de crever, elle se les était enfoncés dans le cul, ces foutus barbituriques ! Depuis, il n'a jamais omis de faire des touchers rectaux aux comateux qui lui arrivent. En 1981, il tombe sur un drôle de cas d'intoxication à l'héroïne : pas une seule trace de piqûre sur le corps du type ! Deux doigts dans son cul et là : trouvaille ! Une boulette de cire pleine de poudre blanche ! C'est comme ça qu'il découvre son premier « bouletteux », ce ne sera pas le dernier. Aujourd'hui, les passeurs ingèrent des capsules, minimum trente, et jusqu'à cent parfois.

« Et toi, ma belle, *cuántas* ? »

La jeune Cubaine secoue la tête. Elle n'a rien. *Nada*. Alors, Carlion ira chercher les clichés qu'il glissera sous son nez et celui des douaniers. Après une minute d'observation, dans un silence quasi religieux, soit il la fera relâcher, soit, désignant ici et là un fourmillement de capsules remplies d'héroïne ou d'autres substances douteuses (au pire, des molécules explosives), il fera signe aux douaniers, heureux gagnants enfin ! de l'arrêter.

Luc me regarde, stupéfait. Qu'a-t-elle à voir avec moi, cette histoire ? Je baisse les yeux. Sa si grande peur d'être démasquée, sa résistance physique, c'est tellement moi pourtant. Mais il secoue la tête. Ce qu'il veut entendre, ce sont des noms de gens, de lieux. Elle lui semble si impossible, mon histoire.

Si impossible.

Alors, comme pour le rassurer, je me mets à lui parler de Titi et de Moumoune qui depuis dix-sept ans vivent en couple ici. D'Albert qu'on retrouve régulièrement à poil dans les toilettes du T2E. De Géronimo qui hurle la nuit dans les couloirs, de Paulette, allongée jour et nuit le long du tapis roulant du T2F, de Georges qui brandit à tout-va son chapelet, d'eux tous enfin, opérationnels et passagers, qui emplissent et désemplissent ces lieux que j'arpente depuis plus de huit mois. J'omets de lui parler de Vlad, sa façon de me pénétrer, brutale, sa maladie, nos affaires incendiées, de l'amour fou que me porte Josias, des carnets de son frère Liam, de la haine de Joséphine. Je lui raconte que j'ai dormi tous ces mois sur des sièges ou alors planquée dans des salles du sous-sol trouvées au hasard, volant ma nourriture dans les poubelles ou sur les tables…

« Voilà. »

Je ne lui ai pas tout raconté, il le sait. Qu'importe. Il peut mieux m'imaginer à présent. Allant et venant, à l'écoute du monde.

Indécelable.

Et maintenant ? Je lui demande s'il veut retourner voir les avions.

« Non, Anna. Je veux être avec toi, rien qu'avec toi. »

Mais alors où, Luc ? Il me répond qu'on pourrait prendre le VAL. Marcher. Cette fois, c'est moi qui refuse. Qui sait si Joséphine et Josias ne sont pas revenus ? Là-bas, ils pourraient me tomber dessus.

« Prenons la voiture plutôt. »

*

Depuis combien de jours franchit-il les vitres pour venir s'asseoir à côté d'elle ? Tous aimeraient bien

savoir par quel subterfuge il parvient à la rejoindre,
comment il l'a connue aussi et pourquoi, lorsqu'il s'en
va, elle reste assise, immobile, au lieu de le suivre.
Sont-ce eux qui lui font peur ? Eux qui aimeraient tant
la rencontrer.

Jour après jour, pourtant, elle s'y refuse, les lais-
sant, chaque soir, un peu plus seuls, plus nus aussi.
Fort heureusement, dès le lendemain, il réapparaît, et
c'est comme s'il creusait quelque chose en elle. Quelque
chose de l'ordre d'un épanchement qu'elle a de plus en
plus de mal à contenir. On le voit à d'imperceptibles
signes : le léger affaissement de ses épaules, le tremble-
ment de ses doigts, la détente de sa nuque. Désormais,
tous retiennent leur souffle. Il y a une telle douceur
là-bas. À l'intérieur d'eux-mêmes, ils voudraient sucer
des cailloux, s'agenouiller, lui tendre les bras. Mais elle
secoue la tête. Il y a une telle tristesse en elle.

Un jour pourtant, c'est comme si les vitres avaient
disparu et, pour la première fois, ils entendent ce
qu'elle lui dit. Mais puisque je te dis qu'ici je flotte.
Mais puisque je te dis qu'ici il n'y a aucune histoire.
Mais puisque je te dis qu'ici les larmes n'ont pas de
poids. Mais puisque je te dis qu'ici je suis l'autre. Mais
puisque je te dis qu'ici je ne souffre pas. Mais puisque
je te dis qu'ici je ne peux pas mourir, car seuls les corps
meurent. Et qu'est-ce que le corps ? Où est le corps ?
Quand et où commence-t-il ? Y a-t-il encore un corps
quand il n'y a plus de mémoire ?

Dehors la neige s'est arrêtée de tomber. C'est le
printemps. Depuis combien d'années vient-il lui rendre
visite, peut-être des siècles puisque partout ailleurs ce
sont encore les guerres et les cris pitoyables. Assise,
de dos, on la devine au bord des larmes. Les ballons

des enfants cognent contre les vitres. Viendra-t-il, ce jour où enfin elle décidera de se lever ?

Mais puisque je te dis qu'ici je suis l'autre. Mais puisque je te dis qu'ici je ne souffre pas. Mais puisque je te dis qu'ici je ne peux pas mourir, car seuls les corps meurent. Et qu'est-ce que le corps ? Où est le corps ? Quand et où commence-t-il ? Y a-t-il encore un corps quand il n'y a plus de mémoire ?

Chapitre 37

JOURS À TOURNER EN ROND DANS LA VOITURE. D'un accord tacite, et comme pour repousser au plus loin ce désir entre nous, nous nous jetons dans une logorrhée sans fin. Il me parle de son enfance passée dans cette grande maison à la campagne, de la fascination qu'exerçait sur lui la force de l'eau, du métier qui très vite s'imposa. Ingénieur hydraulicien, spécialisé dans le traitement des eaux usées. Il y a six mois, il a demandé une année sabbatique. De mon côté, je lui raconte l'angoisse des premiers jours, les rencontres avec certains voyageurs, avec Liam, Josias, Lucien et Vlad, dont j'esquisse le plus vague des portraits, mais dont je veux qu'il connaisse les noms, mes « lessives » dans les toilettes du T2F, mes balades du côté de la maquette du Concorde. J'apprends qu'il a deux sœurs, l'une prof à Montpellier, l'autre mère de famille, du côté de Bordeaux. Ses amis enfin, leurs coups de fil auxquels il n'a pas le courage de répondre.

Chaque soir, au moment de nous quitter, je voudrais me coller contre lui, le supplier de rester. Au lieu de cela, je me détourne sans un mot. À certains moments, sa présence me fait sentir si mal que je lui dis que c'est fini. Ces jours-là, je reprends ma valise et j'arpente les aérogares en essayant de redevenir la passagère d'avant.

Quelque chose manque pourtant. Quelque chose de si douloureux que, de retour dans la chambre, je m'assieds par terre et me balance d'avant en arrière des heures durant. Une voix alors dit : rejoins-le, sors d'ici, va-t'en. Une voix très douce qui me rend encore plus triste. À croire que la voiture continue de dessiner des cercles dans les airs et que mon hurlement dure. Suis-je d'ailleurs jamais sortie de cet amas de tôles ?

Derrière la fenêtre, l'aube point. Allongée sur le lit, je fixe le plafond. J'étais si bien là-bas. Pourquoi es-tu venu, Luc, et pourquoi, plus je te désire, plus tout en moi se délite ? Sans doute faudrait-il que je t'efface, toi aussi. Seulement, même là-bas, ce n'est plus la même chose, comme si m'être rapprochée de toi avait déplacé la magie ailleurs, en un lieu que je ne connais pas, que je ne retrouve pas. Alors je décide de fermer les yeux jusqu'à ce que tu reviennes. Parce que tu vas revenir, cela ne se peut autrement, tu ouvres d'ailleurs la porte de la chambre. Anna, que se passe-t-il ? Rien, Luc, touche-moi, berce-moi, éloigne de moi cette femme éperdue de douleur. Tu me regardes avec tristesse. Tout serait tellement simple en dehors de cet aéroport. Ici, le souvenir de ta femme règne si puissamment, tout te rappelle son dernier regard. Je me redresse, je m'insurge. Le peu qu'il me reste, c'est justement ici que je l'ai retrouvé. Est-ce cela qu'il veut me faire perdre ?

« Non, Anna.

– Si je pars d'ici, c'est ce qui se produirait.

– Non, Anna. »

Las, il redémarre la voiture, se remet à rouler, formant des boucles de plus en plus anarchiques. Un après-midi, il me propose de nous arrêter à Aéroville, de m'y acheter un pull, d'aller y voir un film. Je hausse les épaules, il y a trop de gens « normaux » là-bas, pas assez de voyages, pas assez de valises… Le soir finit par tomber. Il me demande si je veux retourner à l'hôtel. Je lui fais signe que non. Une demi-heure plus tard, il me repose la même question. Mais non, rien qu'à l'idée de retourner une fois de plus dans cette chambre vide, d'allumer l'interrupteur, d'éclairer ce lit où il ne m'attend pas, non. Il me regarde sans comprendre.

« Mais alors où, Anna ?

– Quelque part où nous serions seuls, loin de la ville, et où nous pourrions nous enlacer. »

Il me demande si je suis sûre. Bien sûr que non, je ne suis pas sûre. J'ai si peur de tout perdre, mais comment imaginer une nuit de plus sans lui, dans cette chambre ? Alors, sans plus me regarder, il accélère. Cette peur qui monte en moi et que je cherche à dominer : phrases, mots, pensées qui s'emmêlent et se dressent jusqu'à former une vague qui roule sur elle-même. Où est-ce, ici ? Sous ses flots furieux, les terminaux explosent. Tenir, sortir de là au plus vite, nager parmi les décombres, prévenir Josias, Vlad, retrouver la surface, mais c'est tout l'aéroport que les eaux déchaînées emportent, corps que je heurte de plein fouet, corps mon visage, femme si dure, si implacable, tenir, ne pas se retourner, fillettes rieuses au bord des puits, où donc, leur rire, Luc, leurs voix si douces dans la lumière du ciel ? La vague va-t-elle les emporter elles aussi, et les avions qui me sauvaient ?

« Luc, non, fais demi-tour. »

Ma peau qu'il embrasse.

« Nous y sommes, Anna. »

Ce silence autour de nous. Je relève doucement la tête. L'aéroport si loin et je n'ai rien oublié. J'ai presque envie de rire, de sangloter tout à coup. Viens, murmure-t-il. Viens ? Mais où ? J'ai tellement envie de le serrer contre moi.

« Moi aussi Anna, mais sous les arbres, là-bas. »

Nos pas s'enfonçant dans la terre et très bientôt nos corps. Cela fait si longtemps. Ni rage ni impatience. Juste lui et moi, se dénudant très lentement sous cette voûte de feuilles. Il étend son manteau sur la terre, nous nous allongeons l'un contre l'autre. Avec une patience infinie, il me caresse sans me quitter des yeux. Peau de nos mains s'effleurant, se palpant. Je tremble de cet amour qui naît enfin. Il retire son pull, puis le mien, puis ma chemise. Voilà, je suis nue devant lui, et il me pénètre. Oh, cet œil, le sien, qui jamais ne me lâche et où si puissamment je m'offre. Cris à peine murmurés, si vastes à l'intérieur pourtant, et qu'à chaque va-et-vient je pousse par-delà cette nuit d'arbres et de feuillage. Mes doigts s'agrippent à son visage, ses doigts. Combien de temps restons-nous ainsi à si intensément jouir, à peine audibles, dans l'immensité ?

Jusqu'alors, le monde n'avait pas d'origine. Il en a une à présent, où Liam, Joséphine, Vlad, Lucien, Josias, lumineux, dansent. Oh leurs rires qui me rendent si légère. Plus rien ne s'effacera. Luc est là désormais. Il me prend la main, il me relève. Ce soir, on peut dormir chez lui si je le désire. Non, pas encore, mais demain ou après-demain, oui, je le lui promets.

Alors il me raccompagne, mais, cette fois, jusque dans la chambre où, épuisés, nous nous glissons sous les draps. Très vite, il s'endort. Je le contemple, heureuse. Quels mots pour exprimer ce formidable espoir qui m'envahit ? Quels mots tandis que je sombre à mon tour et que le cri d'un chat se répand dans la chambre.

Quand je rouvre les yeux, je suis dans une salle blanche, entourée de hautes herbes. Que fais-je ici ? Lentement, je me relève en essayant de me rappeler comment je me suis retrouvée là. Des gens dont je ne parviens pas à voir les visages me posent des questions que je ne comprends pas. Je cherche à savoir qui ils sont, mais la toute dernière image dont je me souvienne est celle où je me vois fredonner au volant d'une voiture tandis que le chat, au loin, compte. Les heures passent. J'ai froid. Dehors, à moins que ce ne soit à l'intérieur de ma tête, j'entends des gens appeler : Élodie ! Élodie ! Puis, ce cri. Un cri terrible qui me fait trembler si violemment que tout me revient soudain. Elle, là-bas, en équilibre sur la margelle du puits ! Viens, viens, j'ai trouvé quelque chose ! Ma peur pour elle, son éclat de rire, ma course folle, ma main enfin, MA MAIN braquant le volant et la poussant ! Clac du petit corps au fond du puits. CLAC ! tandis que la voiture tournoie dans les airs et que, dans le rétroviseur, juste avant d'atteindre l'arbre, le blanc spectaculaire de l'arbre, je vois son petit visage pour la dernière fois...

« Anna ? Anna, tu dors encore ? »

Élodie, ma petite sœur, ma petite fille !

Il me secoue avec tendresse.
« Anna, tu te réveilles ? »
De dessous les draps, je lui demande d'aller m'attendre dans la salle du petit déjeuner et de me commander un café. Il referme doucement la porte en me lançant un « à tout de suite ! ». Sous les couvertures, je reste comme pétrifiée. Mes mains, s'il savait. Dans le couloir, j'entends ses pas qui s'éloignent. Abasourdie, je me lève. Je pars.

Chapitre 38

QUAI DU VAL. Trois Japonaises en kilt. Tête baissée, je m'engouffre dans le premier wagon. Quelle sorte d'être pousse sa petite sœur dans un puits et tue son propre enfant ? Arrêt terminal 2. Je m'enferme dans l'une des cabines des toilettes les plus proches. Ici, c'est certain, il ne pourra pas me retrouver. Les heures s'écoulent.

« Vous pouvez sortir, s'il vous plaît ? Il n'y a plus de PQ nulle part et je suis très pressée. »

La passagère se met à donner des coups dans la porte.

« Vous êtes sourde ou quoi ? »

J'ouvre la porte, elle me bouscule.

« Pas trop tôt ! »

Trouver un autre endroit, vite, j'ai si peur de tomber sur lui. Tous ces passagers qui, en plus, là, me fixent.

« C'est moi que tu cherches ? »

Je manque de défaillir en le découvrant.

« Vlad ???

– Tu me croyais mort à ce point ? »

Le ton si dur de sa voix. Il jauge ma nouvelle valise, part d'un éclat de rire méchant.

« Au moins, mon fric aura servi à quelque chose. »

Je le regarde, prise de court. Le saccage du squat, ses livres épars brûlés, pense-t-il vraiment que j'aie pu…

« Tu as perdu ta langue ?

– Mais non, Vlad, c'est juste que je n'ai rien fait…
Le squat, ce sont les Russes qui…

– C'est ça, les Russes !

– Vlad, je te jure… »

Il me tourne le dos.

« N'en rajoute pas, va. »

C'est seulement à cet instant que je réalise qu'il est
là, visible aux yeux de tous, qu'il n'a pas été arrêté pour
autant. Je le rattrape, stupéfaite.

« Vlad… Ils t'ont donné tes papiers ? Tu es en
règle ? »

Il me toise durement.

« Il n'y a plus de Vlad. Allez, tire-toi ou je dis qui
tu es. »

Autour de nous, des passagers embarquent pour Bris-
bane, Koursk. Je me mords la lèvre jusqu'au sang. Vlad
ne fait pas un geste. Alors, je fais volte-face, l'aban-
donnant. Et je cours, je cours, je cours, je cours, priant
que ma mémoire vole en éclats pour la seconde fois,
anéantissant tout.

Anéantissant tout.

Ronde de l'immensité. Voyageurs qui me frôlent.
Badges rouges qui me frôlent. Portes, cris du monde
qui, chaque seconde, m'atteignent plus violemment.
Pourquoi a-t-il fallu que je me souvienne ? Ici, sans
mémoire, le monde entrait enfin en moi. Je le buvais.
Et à nouveau, j'aimais. Pourquoi ?

Chapitre 39

NUITS À NE PAS TROUVER LE SOMMEIL, jours à ne pas manger. Genoux repliés sur le menton, je m'endors une heure ou deux, là, dans les toilettes, là, contre le mur d'un cagibi de service.

Une nuit, mon cœur s'arrête de battre à la vue du mot laissé au feutre noir sur le miroir des toilettes du T2F : « Anna, je te cherche partout, je t'en supplie, APPELLE-MOI, 06 19 78 19 64, Luc. » Entendre sa voix. La tentation est forte. Mais comment le regarder en face avec, dans la tête, leurs rires si joyeux avant que je ne les… Non, il faut qu'il m'oublie. Jamais je n'ai existé.

Les jours passent. Je ne me lave plus, je ne me coiffe plus. Dix fois de suite, je tombe sur Vlad, dix fois de suite, je le supplie de m'écouter. J'ai quelque chose de si important à lui dire, quelque chose que lui seul peut entendre. Chaque fois, il me repousse.

« Barre-toi, je te dis !

– C'est à cause du squat ? Tu penses encore que c'est moi ?

– Dégage.

– C'est quoi, alors ? C'est parce que tu m'as tout dit pour ta femme et tes enfants ? »

Son visage change brutalement d'expression.

« Comment est-ce que…

– Tu m'as parlé d'eux dans ta fièvre. Tu m'as même demandé d'aller te chercher leur photo. »

Livide, il me tourne le dos.

« Tu ne sais pas de quoi tu parles.

– Vlad, retourne-toi, parle-moi, je t'en supplie. »

Mais il se met à hurler.

« Va-t'en ! »

Je finis par abandonner ma valise, observe, apathique, à distance, le manège des démineurs autour d'elle, le bruit sourd qu'elle fait quand ils la détruisent.

« Le petit Joachim attend ses parents devant la porte 30. »

« Vous attendez un avion ? »

Il porte l'uniforme des gars de la sécurité. Je lâche un non, me lève sous son regard suspicieux, me dirige vers la sortie. Dehors, la bise est glaciale. Des voyageurs sautent dans un taxi, d'autres courent, valise en main. Mes doigts sont bientôt si engourdis que je ne parviens plus à les remuer.

« Vous attendez quelqu'un ? »

Ils sont deux flics et ils me dévisagent d'un air méfiant. Je leur tourne le dos, entre à nouveau dans le hall. Autour de moi, trois voyageurs parlent d'un trou d'air qui les a fait hurler de peur à cause de cet orage terrible au-dessus de Nairobi. Je détourne la tête, fixe longuement les ascenseurs avant d'entrer dans l'un. Qu'une seule personne, au moins, sache, avant que je ne sois expulsée.

Dans le sas, parmi les onze chariots qui les encerclent, leur ronflement à tous les trois : monde ici qui perdure et face auquel, tapie dans l'ombre, je me sens défaillir.

« Putain, mais ça fait combien de jours que t'as pas bouffé ? Là, mords dans ce sandwich. »

Il n'en revient pas de m'avoir retrouvée. Il me tapote les joues.

« Ton Vlad, je l'ai supplié de me dire où t'étais. Avec Liam, on t'a cherchée partout tu sais. Partout ! Allez, mange encore un peu.

– Josias…

– Chut, c'est fini maintenant, pleure plus. Ton Josias, il est là, tout le reste, on s'en fout. »

Chapitre 40

Traversée des aérogares abc. Descente par les escaliers de service du t2c au −1 jusqu'à une porte « zone interdite au public » qu'en moins de deux minutes, à l'aide d'un vieux cintre, Josias déverrouille. Couloir qu'il me fait franchir au pas de course. Nouvelle porte, ouverte cette fois, qui donne sur une passerelle au bout de laquelle je découvre un petit escalier en colimaçon s'élevant sans fin vers les hauteurs. Ascension qui semble durer une éternité et qui me donne le tournis. Je m'appuie à la rambarde pour reprendre souffle. Jusqu'où va-t-on comme ça ?

« Tu voulais une planque, oui ou non ? On y est presque, courage. »

Il me tourne le dos, disparaît dans la montée. Quand j'atteins la dernière marche, le spectacle est si inattendu que je ne peux m'empêcher de lâcher un cri de surprise. À mes pieds s'étale tout le système de climatisation de l'aéroport.

« Alors, ça valait pas le coup ?

— Si Josias, mais…

— Attends, t'as pas encore tout vu ! »

Il désigne du doigt, au plafond, une trappe ouverte.

« T'es pas sérieux, là.

— T'inquiète, tu montes sur mon dos et… »

– Josias, je suis crevée, je ne vais pas là-haut.

– Fais pas chier, cale tes jambes autour de moi et hisse-toi en t'appuyant sur les deux bords, voilà, comme ça. »

Dans un ultime effort, je parviens à passer les épaules, les bras et bientôt tout le corps.

En bas, Josias gueule.

« Alors, j'avais pas raison d'insister ? »

Comble se déployant sur plus de plus de deux cents mètres, longé de bout en bout par une baie vitrée dont la vue plonge sur tout l'aéroport. Pas un mur, pas un meuble. Travée nue filant jusqu'à l'infini où, bouche bée, je me tiens debout face à mon ombre gigantesque, au sol, catapultée par les faisceaux des projecteurs qui, depuis les bâtiments d'en face, balaient le monde, m'éclaboussant, toutes les dix secondes, de leurs feux. En s'aidant de mon bras, Josias me rejoint.

« Tu peux dormir tranquille ici. Ce sont les coques de l'aéroport. Personne viendra te déranger. De l'autre côté, on peut y aller aussi, mais y'a toutes les machines, et le bruit est infernal. Ici, rien de rien ! C'est beau, hein ?

– Oui.

– Avec la neige, c'était encore mieux, t'étais partie où, tous ces jours ?

– …

– Tu me le diras ?

– Je te le dirai, oui.

– Bon, j'y vais, je voudrais pas qu'elle crise, la mère, tu veux que je t'amène de la flotte ?

– Non, ça ira.

– Tu files pas sans me le dire, hein ? C'était si triste ici sans toi. »

Il me laisse seule face à la baie vitrée : va-et-vient sur le tarmac des camions FedEx, Airlinair, chargements des sacs de la postale, allées et venues des équipes de nettoyage. Je ferme les yeux. Je laisse couler les larmes. C'est à leur place, prisonnière de la voiture, au fond du puits, que je devrais être. À leur place.

Morte.

Nulle part ailleurs.

Chapitre 41

« EH, C'EST MOI… »

Je fixe un instant l'homme qui me fait face sans parvenir à le reconnaître, me redresse d'un coup.

« Josias ?! »

Il s'est rasé la barbe, il a coupé ses cheveux, a enfilé des vêtements d'une propreté impeccable.

« Regarde l'échelle que je t'ai dégotée ! Je t'ai ramené un matelas aussi. De la super-came qui vient de chez les clandos du chantier de l'International Trade Center, en cours de construction… »

Il s'allonge auprès de moi, me regarde.

« Tu voudras bien m'embrasser maintenant ?

– Josias, j'ai tué. »

Il lève les yeux au ciel.

« Toi, t'as tué ?

– Quand j'étais enfant, j'ai poussé ma sœur au fond d'un puits et, plus tard, j'ai tué ma petite fille.

– Mais enfin… pourquoi t'aurais fait des trucs pareils ?

– J'en sais rien.

– Putain, tu dis vraiment n'importe quoi !

– Je te jure, Josias. »

Il me regarde, soudain grave.

« Les gens qui tuent, ils ont pas cette peau.

« – Josias, il faut que tu me croies, c'est important.

– De toutes les façons, les morts, on peut plus rien pour eux, et nous, on est vivants.

– Je les ai tuées, Josias.

– Tu vois pas comme je te bouffe des yeux ?

– Josias…

– Embrasse-moi.

– Non. »

Mais il s'en fout. Ça fait tellement longtemps qu'il l'attend, ce moment. Ça n'est sûrement pas cette histoire de gamines prétendument mortes par ma faute qui va l'arrêter. Il se colle contre moi, cherche à me caresser. Je le repousse avec vigueur.

« Mais, putain, je suis propre, qu'est-ce que tu veux de plus ?

– Avec toi, je peux pas, c'est tout.

– C'est tout ? J'ai passé des nuits à te chercher ! Mais non, faut que t'en aies après ton Vlad, toujours et encore, alors que c'est moi qui l'ai sauvé ! Moi !

– Josias… »

Il sort une enveloppe de sa poche, me la tend, fébrile.

« C'est Carlion qui l'a trouvée sur lui. Il savait pas qui t'étais, je lui ai dit que je savais, moi.

– Qu'est-ce…

– Je m'étais juré de jamais te le dire. Ils l'ont retrouvé hier, pendu, dans un des couloirs de service.

– Comment ça, pendu…

– Lis-la, sa lettre, tu verras bien, seulement reviens plus jamais me voir. JAMAIS ! »

Il me tourne le dos. Je reste debout, immobile, les yeux fixés sur l'enveloppe qu'il m'a tendue et sur laquelle Vlad, de sa belle écriture, a écrit : « Pour elle ».

Chère toi,

Quand tu liras ces mots, je ne serai plus là. Ne me demande pas pourquoi j'ai pris cette décision, elle mûrit en moi depuis des années, et me voilà enfin capable de passer à l'acte. Mais, avant, je tenais cependant à te raconter ce que personne ne sait, pas même Carlion, qui la lira, cette lettre, sachant pourtant qu'elle n'est adressée qu'à toi, comment lui en vouloir ?

P., la ville où j'habitais, était douce. Ma femme et moi étions serbes, nos voisins croates. Au collège où j'étais prof, je m'ennuyais ferme. Les élèves étaient pour la plupart médiocres. Je n'avais alors qu'un seul bonheur dans ma vie : retrouver chaque soir les miens, les serrer dans mes bras. Un jour, durant la guerre, je les ai retrouvés tous les trois sauvagement assassinés dans notre maison. Mais je ne t'écris pas cette lettre pour que tu t'apitoies sur mon sort. Loin de là. Moi aussi, j'ai fait couler le sang. Et ne pense pas qu'il s'agissait d'un de ces moments d'égarement, où, après avoir connu l'horreur, on devient monstrueux soi-même. Non. Cela s'est produit un an avant que les miens ne soient massacrés, durant l'été 91. Au mois de juin de cette année, le chef de mon établissement me propose de rallier les forces serbes le temps des vacances. Il a ses appuis, il peut m'aider à rejoindre les troupes. Je m'ennuyais ferme, je te l'ai dit. L'année n'avait pas été bonne, les élèves plus que moyens. Concernant ma femme, il écrirait une lettre comme quoi il m'envoyait un mois en stage de formation. Aussi bien poussé par un sentiment patriotique que par le désir d'enfin vivre quelque chose de grand, j'acceptai. Vingt jours plus tard, je participai à une offensive. Le village cible comptait deux cents habitants. Dans chaque maison, ça n'était que des femmes terrifiées et des enfants. On les poussait dehors. On les rassemblait dans les cours. J'avais peur. J'étais très excité en même temps. Les femmes pleuraient. Un type à côté de moi s'est mis à en gifler une, je l'ai imité. Peu après, deux gars ont tiré une balle dans la tête d'une autre parce qu'elle hurlait « trop fort ». Les enfants tremblaient. Les mères les serraient de toute leur force contre elles. Je n'ai aucune excuse. J'avais toute ma conscience. Je ne pouvais juste pas m'arrêter. Je l'ai attrapée par les cheveux. Je l'ai traînée dans une des pièces de la maison. Elle se débattait. Elle hurlait. Je ne sais pas combien d'heures je l'ai torturée. Je l'ai attachée. Je l'ai brûlée avec mes cigarettes, lui ai entaillé la peau au couteau. Les autres aussi ont fait cela. Dans d'autres pièces. C'était à celui qui ferait le plus crier sa victime. Je ne sais pas combien de temps cela a duré. Elle a craché du sang, a convulsé. J'ai fui. Après, je n'ai fait que marcher, marcher jusqu'à ce que le mois finisse, et qu'on me laisse rentrer chez moi. Là, j'ai menti à ma femme, qui m'a demandé de raconter ce « stage ». C'était bien, lui ai-je répondu. Puis, j'ai repris les cours. La vie normale. Un an après, je rassurai ma femme, prise de panique à l'idée que je m'absente quelques jours pour rendre visite à mes parents. Les Croates, je les avais vus à l'œuvre. Si désorganisés ! Jamais ils ne pourraient prendre la ville. La laissant là, je suis parti le cœur léger. Léger ! Le reste, tu le sais. Non, pas encore tout. Cette nausée qui ne m'a jamais quitté, ce dégoût de ma personne. Une dernière chose encore. Toi, quand je t'ai vue pour la première fois, le même visage qu'elle. J'aurais dû te fuir. Je t'ai regardée, découvrant chaque jour, un peu plus, à quel point tu étais belle, à quel point je l'avais saccagée. La si belle vie que nous aurions pu avoir ensemble. Mais il n'y a pas de rédemption pour des hommes comme moi.

Aucune. Et je n'avais pas le droit de te retenir comme je le faisais. Tu mérites tellement mieux.

Vlad.

P.-S. : n'oublie pas de continuer d'apprendre l'anglais.

Derrière la baie vitrée, le ciel cogne. Je me dirige vers la grande échelle, descends un à un les barreaux puis les marches du petit escalier. Une fois en bas, je ne cherche même plus à courir dans les couloirs pour éviter les caméras. Quelle importance maintenant ? Quitter ce monde, en finir pour de bon. N'est-ce pas le dernier signe qu'il m'offre ? La mort comme seul recours pour des gens comme lui et moi. Passage d'un groupe de commandants de bord sur ma droite. Enfants jouant au ballon. Mère leur criant d'arrêter.

« *Could you please...* »

Please what? Je ne réponds même pas. Vlad pendu à présent. Tant pourtant sa rage à me faire redresser la tête. Mais je suis celle qui détruit tout, tu le sais bien, Josias, qui jamais plus, à cause de moi...

« *... could you please...* »

Toi, Vlad, que j'aurais dû, et toi, Luc. Tant.

« *... c'est pas possible...* »

Car, non, il n'y a rien vraiment. Tout se décolle, le grand décor, le monde admis par le décor, or une fois que tout cela aura disparu ? Je veux dire, moi, Luc ? Quel reste de ma présence, là où tous d'une seule et même voix :

« *... Is it really true?* »

True what? Le type recule, l'œil hagard. Foutu aéroport où je n'ai pu, nulle part, garder ne serait-ce que notre amour, Luc, corps de ma petite sœur et de ma petite fille. Clac ! Mon pas dorénavant s'élance pour

NE PLUS, tandis que tous, hall entier, yeux, bouches, braqués sur moi, d'un seul corps masse.

« C'est pas possible… »

Plus qu'un seul mètre à franchir, ça y est, j'atteins la porte, seulement un passager surgit, fou de rage.

« Il y a bien un moyen, c'est pas possible !!! Vous allez où, vous ?

– Je pars, lâchez-moi.

– Comment ça, vous partez ?! Mais… Personne ne peut partir…

– Lâchez-moi, je pars, je vous dis.

– Et moi alors ! Qu'est-ce que vous croyez ? JE LE PERDS, MOI, MON JOB, SI JE NE PARS PAS ! »

Je recule d'un pas, cherche une aide du regard. Aucun vigile en vue.

« Si c'est pour prendre un avion, vous n'avez qu'à consulter le… »

À la vue du tableau d'affichage, ma stupeur est telle que je n'achève pas ma phrase.

LONDRES	AF 1450	CANCELLED
STRASBOURG	AF 4900	CANCELLED
BEIJING	UX 1006	CANCELLED
HELSINKI	LG 8012	CANCELLED
MOSCOU	AF 1722	CANCELLED
POINTE-À-PITRE	UX 1034	CANCELLED
SARAJEVO	OS 412	CANCELLED
LIMA	AF 2298	CANCELLED
ROME	KM 479	CANCELLED

« Qu'est-ce que… Comment ça, annulés ? Tous ? »

Il me relâche, consterné.

« Vous… n'êtes pas au courant ?

– Mais… non…

– L'irruption, le volcan ?

– Le volcan, quel volcan ?

– Les cendres partout dans le ciel. Ils ne savent même pas combien de temps ça va durer ! Des jours, des semaines, des mois peut-être ! Un truc de dingue ! »

Je jette un œil au ciel : pas un nuage. Le type est fou.

« Elles sont minuscules, invisibles, aucun avion n'a été testé en prévision de ça ! Et maintenant, vous vous rendez compte ! J'habite Hong Kong, moi ! Ma femme, le boulot, mes gosses, comment je vais faire ? Une seule valise, je ne peux pas rester ! Ma boîte ! Les Chinois ! Je vais me faire virer ! »

Il aperçoit un opérationnel, il fonce sur lui. Hall en effervescence. Cris. Une hôtesse manque de se faire gifler. Notre maman à l'article de la mort. VOUS NE POUVEZ PAS NOUS LAISSER COMME ÇA ! VOUS DEVEZ FAIRE QUELQUE CHOSE ! Une jeune fille m'agrippe.

« *Could you…* »

Mais non, il faut me laisser m'en aller, tout ce que je touche, la moindre parcelle, vos mains d'ailleurs, elles ne devraient pas, si, je vous assure. La fille me supplie du regard, toute cette panique, ce bruit, *all cancelled*, personne ne l'a prévenue, elle ne supporte pas. Bagarre sur ma droite, un vieil homme fait un malaise. Foule de plus en plus compacte, qu'est-ce que j'y peux, moi, CE VOLCAN N'EST PAS MOI !

« ALLÉLUIA ! »

Cette voix au milieu du désastre. Je le regarde, sidérée. Il me saisit, m'entraîne.

« Ma reine, danse avec moi ! Viens fêter avec moi le Rideau qui se Lève !

– Liam, je t'en prie, lâche-moi. »

Plus heureux que jamais, il me fait tournoyer.

« La date du Grand Rassemblement est arrivée, il n'y a plus lieu d'avoir peur. Les oiseaux voleront libres désormais ! Allons, danse ! Elle ne grattera plus le sol de ses ongles jusqu'au sang.

– Liam, ça n'est qu'un volcan, les cendres d'un volcan... »

Il rit de plus belle.

« Ma reine, c'est la Censure qui a inventé cela ! L'effondrement des Dix Destinations est en cours, les Lettres enfin vont se désaccumuler ! Danse, ma reine, oui, et sereine ! Grâce à toi, l'ordre des Tourismes à jamais effacé ! Le flux n'existe plus ! Toute peur évacuée ! Où veux-tu qu'ils nous expulsent ? Quelle contrée ?

– Liam, s'il te plaît, tu me fais mal. »

Mais il me serre de plus en plus fort.

« Liam... »

Il ne m'écoute plus ; je commence à me débattre quand trois gars de la sécurité lui tombent dessus, l'obligeant à me relâcher. L'un d'eux se tourne vers moi.

« Ça va aller ?

– Je... oui... merci. »

Il lâche un soupir.

« Quelle journée de merde ! Bon, allez, on l'embarque ! »

Sous le choc, je vois Liam se faire traîner jusqu'au moment où, de deux violents coups d'épaule, il se libère. Abasourdis, les trois gars ne réagissent pas assez vite. Comme fou, il se rue sur moi. Je cherche à l'éviter en me jetant en arrière, mais il m'empoigne en me secouant furieusement.

« Ma reine, nous avons gagné ! La Censure est morte ! Morte, tu entends ? »

Mon cœur explose. Je chancelle. Des passagers m'encerclent. Une main se tend vers moi. Ça va ? C'està-dire que, mon cœur, l'émotion, tout est si brutal, il faut me laisser m'en aller, Vlad mort, vous savez, et Luc qui m'attend, non, ne me touchez pas, ma main, vous êtes sûre que ça va, oui, non, le soleil encore si haut, la chaleur si écrasante, respirez, là, calmement, mais non, je ne peux pas, Vlad, ma petite sœur, ma petite fille, mortes à cause de moi, braquer à cette vitesse, comme si c'était possible !

« Mademoiselle ? »

J'ai si mal tout à coup, je cours à perdre haleine mais… Bang ! Pare-brise, mon cri, vole en éclats, ma tête, mon père, ma mère, qui me saluent près des rosiers, pente oh si douce, je m'élève quelque part, tiens, Luc qui s'avance, une rose dans la main.

« Je te cherche partout. »

Quelque chose se dissout, le ciel ? Lumière si dense, mes parents, la pente jusqu'à la grille, je me souviens de la grille, le nouveau propriétaire qui l'a installée quand ils sont morts.

« Mademoiselle ? »

Et maintenant cette foule qui me regarde, Marc, le visage défait, penché à mon oreille, notre petite fille qui n'est plus, mon coma…

« La maison, je l'ai vendue. »

Vendue, mais pourquoi ? Il se détourne, s'éloigne. Non, il ne peut pas me laisser comme ça, mais, quand j'essaie de me lever, impossible de faire le moindre geste.

« Là, du calme, respirez lentement… »

Mais puisque je vous dis que nul, jamais, ne pourra me pardonner.

« Mademoiselle !!! »

Nul, tandis que je m'élève toujours plus haut, vous quittant tous.

« Viens, Maude ! »

Ce prénom… La brèche qu'il ouvre en moi.

« Viens, je te dis, j'ai trouvé quelque chose ! »

Comme elle se penche, bon sang, que faites-vous donc à ne pas réagir, toi, Vlad, toi, Josias, toi, Luc ?! Je tourne la tête à gauche, je tourne la tête à droite, mais rien, non, personne à l'instant même où la voiture de plein fouet s'encastre.

Répandant, jusqu'aux confins du monde, des cendres.

Lors, dans le noir infini des choses, je tombe, entraînant dans ma chute mon existence, songes d'aérogare où depuis si longtemps je marche, quand la mélodie de leurs rires me fige. Je les fixe, ahurie. Que tout glisse à cause de moi, que tout s'effondre, mais pas elles, non ! Seulement, l'une pèse si lourd, bouche bée, je la supplie de ne pas me lâcher, lui promettant mon lit, mes jouets, tout ! Petite sœur que j'aimais tant et que je n'ai pas su… pas pu… cependant que l'autre, assise à l'arrière de la voiture au moment où, juste après le virage, je découvre, hébétée, ce poteau renversé sur la route ; l'autre, petite fille que j'aimais tant, tandis que la voiture percute de plein fouet le rebord et qu'au-dessus du puits, par la seule force de ma main, je cherche désespérément à la retenir, jusqu'à ce cri terrible alors que, dans les airs, la voiture s'envole et que son petit corps, au fond du puits, CLAC ! Ma petite fille, ma sœur, alors que, de toutes mes forces, JE NE LES POUSSE PAS, JE NE LES TUE PAS, nuit insensée du monde, chute qui n'en finit pas et où, fous de douleur, nous tous, les passagers du monde, si penchés à présent, nous basculons, tombons ! Ce cri que nous poussons alors, neige qu'à coups de pelle je dégageais pour que l'entrée soit nette, tandis qu'en bas, tout en bas, j'entends le CLAC !

de leurs petits corps, CLAC ! qui me pulvérise et dont seul un immense amour pourrait désormais me sauver.

Seul un immense amour.

« Viens, Maude, viens, on a trouvé quelque chose ! »

Ce chagrin en moi, ces ténèbres qu'il a creusées et où depuis si longtemps je tombe. N'est-il pas temps enfin ? Voilà tant d'années que je meurs de les avoir tuées.

« Maude, viens ! »

Courir vers elles. Ne plus résister.

« Regarde ! »

Lors, je me penche et, pour la première fois, je distingue comme un point de lumière (est-ce cela qu'elle voulait me montrer ?), point qui, au fur et à mesure que je le fixe, grossit jusqu'à bientôt m'éblouir. J'ai huit ans. Ma petite sœur est morte. Je viens d'apprendre la nouvelle. Est-ce le jour ? Est-ce la nuit ? Je ne bouge pas. Je ne pleure pas. Les jours passent. Dans la chambre, je refais son petit lit, nettoie de fond en comble son château Barbie. Mais rien n'y fait, elle ne revient pas.

Les années passent ; seul le spectacle de la neige me laisse encore parfois émue. C'est ainsi que je grandis. Dans la chambre, la chambre mortuaire qui, jour après jour, fait corps.

Marc apparaît, on se marie. Mais je suis comme enfermée en moi-même. Enfermée dans des vitres où je ne ressens rien. Puis, le miracle arrive, je tombe enceinte et toute ma joie revient. Parce que ce sera une petite fille, j'en suis sûre. Une petite fille que je prénommerai Élodie, comme ma sœur, et qui réparera tout. Consolera tout.

Bientôt, la petite aura trois ans. Je n'existe que pour elle. Marc, épuisé, m'annonce qu'il me quitte. Sans rien lui répondre, je pars chercher Élodie pour l'emmener en balade.

Au moment de démarrer la voiture, Marc me supplie de rester. Pour une fois que nous avons un après-midi de libre ensemble. Nous pourrions essayer de nous parler.

Quelque chose en moi, à cet instant, hésite. Quelque chose qui me supplie d'arrêter d'être aussi dure. Seulement, dans la voiture, Élodie s'impatiente et je m'entends lui répondre : « Demain, si tu veux. »

Au moment de m'engager sur l'allée, je l'aperçois, le visage triste, en train de nous faire un signe de la main dans le rétroviseur. Mais, à l'arrière, Élodie est si joyeuse. J'ai bien fait de ne pas céder. N'est-ce pas elle, mon souffle ? Elle, la lumière de ma vie ? Au bout de la ligne droite, un virage.

« Mademoiselle ??? »

Oh, mais comment est-ce possible ? Et tous ces voyageurs qui m'appellent et ont leur visage, comme si, depuis toujours, elles m'avaient attendue en ce songe d'aérogare.

Lors, renversant le tronc, renversant le puits, je m'élance vers elles, j'embrasse leurs petites mains, je caresse leurs cheveux, et tout, à nouveau, se décolle.

« Mademoiselle ? »

J'ouvre les yeux.

« Maude, je m'appelle Maude.

– C'est bien, Maude, respirez… Vous avez fait un malaise. Relevez-vous. Voilà, comme ça… Vous voulez un peu d'eau ? »

Je fais non de la tête. Je me relève.

Seule dans le hall. Seule face à la multitude. Au cœur des lettres *CANCELLED*, elle marche. Au centre de leur feu.

Dehors, les cendres volent par milliards. Partout les lettres resplendissent. En chacune d'elles, elle danse, elle rebondit.

Sous le ciel éclatant, elle y enfonce ses pas. Laissant advenir le monde. L'engendrant.

Je. L'immensité du monde.

Épilogue

Luc,

Je te laisse ce mot que je colle sur tous les murs de cet aéroport. Tu m'as connue sous le nom d'Anna, mon vrai prénom est Maude. Pardonne-moi si je t'ai fui. Toute ma mémoire m'est revenue. J'ai perdu ma petite fille dans un accident de la route, ma petite sœur aussi, il y a des années. Elles s'appelaient Élodie, toutes les deux.

J'aurais aimé te dire ces mots en face, te dire aussi que je t'aime, Luc, et que je suis enfin prête. Seulement, je ne te trouve pas. Mais tu existes, je le sais. Tu es là. Part de ma vie. Et je t'attends.

Maude

Traduction par Tiffany Tavernier
du poème de William Wordsworth
(p. 94-95)

J'errais solitaire comme un nuage
Qui flotte par-dessus monts et collines
Quand soudain je vis, innombrable,
Une nuée de jonquilles d'or
Le long du lac et sous les arbres
Voletant, dansant à la brise

Constantes, comme les étoiles
Qui sur la Voie lactée scintillent
Sans fin, elles s'étendaient
Tout le long du rivage
Dix mille, d'un seul regard, j'en embrassai
Agitant leurs corolles en une danse vive

À leurs côtés, les vagues étincelantes dansaient, mais elles
Illuminées de joie, les surpassaient
Et face à une aussi heureuse assemblée
Comment pouvais-je, moi, poète
Ne pas céder à cette ivresse ?
Sans relâche, je les fixais
Inconscient du trésor que leur vision m'offrait

Souvent quand je m'allonge
Parfois pensif ou bien rêveur
Elles illuminent l'œil intérieur
Si haute joie des solitudes
Et lors mon cœur ravi
Avec les jonquilles, danse

Remerciements

Je tiens, tout d'abord, à exprimer mes plus vifs remerciements à tout le personnel de Roissy et plus particulièrement à : Philippe Bargain, Carine Engrand, Jean-Paul Armangau, Mikaël Lebris, Christophe Pauvel, l'équipe d'Emmaüs, Père Francis Truptil, Père Baudoin Tournemine, Père Philippe Vanneste, Pierre Torres, François Heintz, Sébastien Farris, Sonia Gacic Blossier, Corinne Cousseau, Corinne Bokobza, ainsi que tous les voyageurs...

Je tiens également à remercier du plus profond de mon cœur Isabelle Durand, qui, avec une générosité sans faille, m'ouvre, chaque été, sa maison de Louzelergues où je trouve ce silence si nécessaire à l'écriture.

Et enfin, un immense merci à Michèle Gazier et Luc Lang pour leur si généreuse fidélité d'amitié et de lecture, Colo Tavernier, ma mère, pour sa si belle tendresse et pour son œil d'aigle, Xavier, mon mari, pour sa confiance et son extrême amour, Olivia, ma fille, pour tout le bonheur qu'elle me procure, Sabine Wespieser, mon éditrice, qui me donne des ailes.

Dans la nuit aussi le ciel
Paroles d'aube, 1999
et « Points », n° P788

L'Homme blanc
Flammarion, 2000
et « Points », n° P933

À bras le corps
Flammarion, 2003

Holy Lola
(avec Dominique Sampiero)
Grasset, 2004

La Menace des miroirs
Le Cherche Midi, 2006

À table !
Le Seuil, 2008

Comme une image
Éditions des Busclats, 2015

Isabelle Eberhardt, un destin dans l'Islam
Tallandier, 2016

RÉALISATION : NORD COMPO À VILLENEUVE-D'ASCQ
IMPRESSION : CPI FRANCE
DÉPÔT LÉGAL : AOÛT 2019. N° 141879 (3034129)
IMPRIMÉ EN FRANCE